Hotel

Fever

Spring

禧春酒店

陳鈞潤翻譯劇本選集

by **Georges Feydeau** & **Maurice Desvallières**

角色表

陶花珺（陶）	建築商
崔銀嬌（崔）	陶妻
戴年業（戴）	三十餘歲則師
莫潔貞（莫）	戴妻，三十歲左右
戴夢星（夢）	戴年業侄兒，嶺南大學生
懷春（懷）	陶婢
馬衡畋（馬）	中年粵劇落鄉班伶人
馬春蘭	馬衡畋的女兒
馬夏荷	馬衡畋的女兒
馬秋菊	馬衡畋的女兒
馬冬梅	馬衡畋的女兒
阿利孖打（阿）	酒店總管、葡人
朱錦春（朱）	酒店侍應
幫辦（幫）	香港英警官
葡警（四名）	
苦力／伙記（四名）	
高大帥（高）	落難軍閥
歌舞女郎（女郎）	賭場表演洋妞
樓鶯（樓）	問醒婆

編註：陳鈞潤翻譯劇本選集 ──《禧春酒店》是以中英劇團 1987 年首演之手稿為本，並同時參考該團 1996 及 2014 年重新製作的版本而成。

時地　一九二八年港澳兩地

分場

第一幕

香港堅道花園洋房，建築商陶花琿頭廳兼寫字樓連工作室

第二幕

澳門禧春酒店

第三幕

香港堅道花園洋房，建築商陶花琿頭廳兼寫字樓連工作室

歷史背景

一九二八年，中國內地仍處軍閥亂世，蔣介石正麾國民黨軍北伐，澳門受不住香港經濟競爭而沒落成賭與色靡樂之區。省港澳輪船公司獨家經營三埠間火船交通[1]，香港上海酒店集團壟斷香港酒店業（香港大酒店、山頂酒店、淺水灣酒店、行將開幕之半島酒店）。英人獨市為英人建屋；留學歸來的華人則師與華人建築商合作為華人建屋，大學堂尚屬貴族大學，普通華人子弟多赴上海或廣州等地攻讀大學。行政立法兩局已有華人議員，市政局前身之潔淨局亦已成立有年。警隊為中英印混雜，幫辦級清一色英人而多能操有限度粵語，電燈煤氣已普及化 —— 很落後的才用油燈或蠟燭。九廣鐵路已通車，港島交通則有電車、人力車、山頂纜車及轎/山兜。（中華巴士未有）郵政已上軌道。妹仔普遍役於中上家庭，書寫工具為西式羽毛筆及中式毛筆加專業繪圖鉛筆。電話未普及，屬中上人家奢侈品。

---

[1] 省港澳輪船公司至一九四一年停業，二十年代港澳間火船開早晚兩班，早船上午十一時開，傍晚到，夜船翌晨到，約八小時。

第一幕

香港：一九二八年春，正月。陶花琿家：堅道花園洋房二樓一單位，全台為陶花琿建築商之頭廳兼寫字樓及工作間，時為星期六上午九時。台後中央有落地大窗通露台（或有窗無露台）。窗外可見花園樹頂（可遠眺維多利亞港藍煙囪大火船及帆船等），右前有門通偏廳（原著為陶妻卧室），右後（原著是斜角）廳門通大門口門廊——在廳外經走廊通廚房工人房等，有小几上置電話。左後（原著又是斜角）有門通陶卧室。台後中部——與窗之間應有容人通過之充份距離——有大繪圖板工作枱，上有圖則、角尺、羽毛筆、繪圖筆、文件、電話簿；枱前有高櫈，台後窗與左門之間有掩門櫃，上有磚瓦樣辦。台左門與台口之間有書桌靠牆，上有書籍圖則卷、吸水紙、筆墨、瓶花，桌上方懸鏡，其上有架置圖則卷。台前略左斜放長沙發，右後窗與廳門之間有小書桌，上有洗面盆。廳門與偏廳門之間有紙皮箱寫「防火用品」；上有掛鐘有擺（其右懸召人鈴帶）。牆上懸畫框——中西合璧——及各種模型樣辦（牆腳線及天花板等）。扶手椅置台左靠牆，右門及小書桌間有一椅，窗每邊有一椅。廳門有鎖，外面可下栓。窗開着。
【以上原著佈景】

第一場

1. 懷春、陶花琿*

幕啟

奏Charleston音樂。懷春 —— 妙齡妹仔，短衫褲 —— 一邊隨音樂扭動身體跳兩步舞、一邊擺放（或拂拭）傢俬。電話響，懷接聽。

懷春　　喂，陶公館……吓？戴年業則（音積）師？搭錯線喇！戴則師响我哋隔籬住嘅，你係佢邊個呀？吓？哼！（拿開聽筒持眼前）你至「八卦」！衰！（收線，如前續幹活）

陶花琿 —— 中年、畏縮而姿整的小個子 —— 自卧室上，裇衫領花、西褲皮鞋，罩晨樓。懷一見即停止扭身。陶隨音樂哼。

陶花琿　　（唱 *Tea for Two* 兩句）"Picture you upon my knee. Just tea for two and two for tea..."

　　　　　（唱不下去，尷尬而轉唱粵曲《柳搖金》）

　　　　　春花正盛開 ——（唱序）冬令冬令丁。芬芳侵簾內，人欲醉咯，幽香偷送入呀戶呀來。冬令冬令冬丁冬丁……

懷偷笑。陶忽見觀眾，驚呼。

陶花琿　　呀！（鎮定下來，向觀眾）好嘢哩！（正欲續唱）

崔銀嬌　　（外場呼）懷春！

懷春　　　嚟啦少奶。（往偏廳下）

---

* 編註：第一場陶花琿出場前的情節是譯者為改編所創作。

9

陶花琿　　　暫亂歌柄！(向觀眾)再聽過吓：(唱)
　　　　　　嬌呀，你為何不吖相呀愛？願春駐步桃源內⋯⋯

崔銀嬌　　　(外場)陶花琿！

陶如遭雷擊，倉惶奔工作枱埋頭作幹活狀。

2. 陶花琿、崔銀嬌、懷春

崔銀嬌 ── 中年悍婦，力求趨時打扮而總不大順眼 ── 旋風式自偏廳衝上，懷捧兩幅衣料 ── 拖曳飄飄舉 ── 緊隨上。

崔銀嬌　　　(點名式)陶花琿！

陶花琿　　　(仍埋頭，粵劇式道白)「阿銀嬌你來(音lay lai下半聲)吖了(音liao上半聲)。」

崔銀嬌　　　我個裁縫師傅都「來了(音lai liao)」呀！

陶花琿　　　「好(音how)吖」，使唔使「柳」(去聲)埋佢合唱吖？

崔銀嬌　　　你去死啦！我同你講緊嘢，唔准做住！

陶花琿　　　(向觀眾)冇改錯名 ──「吹銀雞」！

　　　　　　(向崔)「崔銀嬌大(上聲)人」！喱單工夫趕住㗎，隔籬老戴畫嗰間屋⋯⋯

崔銀嬌　　　叫間屋借歪先！

陶花琿　　　係咯，老婆大人！

懷一直竊笑。

崔銀嬌　　　嘷，聽住：喱兩幅料我揀唔掂，你話邊幅好啲吖？

陶花琿　　　愛㗎笠梳化？

崔銀嬌	你去死啦！我做衫㗎！
陶花琿	嗯……我揀喱隻。
崔銀嬌	得咗！噉我一於愛嗰隻。
陶花琿	噉問我咪嘥氣？
崔銀嬌	冇嘅！事關你嘅眼光最「屎」嘅，你睇中嗰隻，俾我做壽衣都唔制！

懷掩嘴笑。

陶花琿	(向觀眾)幾好老婆？「吾妻正斗」可！
崔銀嬌	得嘞！做工夫啦！(領懷旋風式進偏廳下)

3. 陶花琿

陶花琿	係，大人！(作嘔狀)Irk！我女人──點只係女人？直頭係「大軍閥」！……我仲係「自由戀愛」兼「違抗父命」嘅喺！……(幹活)係就係成廿年前！……鞋！大早睇得出廿年後係噉款嘅，廿年前就「老虎蟹」都唔「踢轎門」啦！……(望窗外)唔！「新正(音征)頭」、個天都「黑過墨汁」！(向觀眾)我個仔呢，就一定要有「父母之命」至准娶老婆！……有仔至算啦……我唔要呢！……同銀嬌生？……(寒噤)咪拘！

第二場

4. 陶花琿、莫潔貞

叩門聲。

陶花琿　　入嚟！

莫潔貞 ── 三十歲左右，楚楚可憐怨婦型，入時西服 ── 自大門上。

陶花琿　　（熱情迎上）啊 ── 戴太！

莫潔貞　　（幽怨）早晨陶生！唔好意思……（指陶晨褸）咁早打擾你……

陶花琿　　（低頭看看及拉拉晨褸）哦！隔籬鄰舍冇所謂！至緊要「得閒嚟坐」、「守望相助」、「熟不拘禮」……

莫潔貞　　好，好……尊夫人响企嗎？

陶花琿　　响庶 ── 同裁縫佬開交涉咈……老戴近來好嗎？

莫潔貞　　鬼知佢！

陶花琿　　（開懷）有乜唔妥呀？

莫潔貞　　冇嘢。

陶花琿　　有嘅……你眼紅紅嗽！

莫潔貞　　冇……吹咗粒沙入眼之嗎……

陶花琿　　有！眼水混晒「擎」（音ken下平聲）咯！

莫潔貞　　冇……冇乜嘢！都慣嘅啦，又嘥氣囉。

陶花琿　　陰功！佢「孖」你……頂頸呀？

莫潔貞　　係就好咯！佢肯孖我「床頭打交」，就有希望「床尾和」啦！
　　　　　……弊在佢眼尾都唔「睄」(下平聲)吓我，仲衰過隻「舊鞋」！
　　　　　……算嘞，越講越嬲！……我揾陶太吧嘞。

陶花琿　　响偏廳，你揾佢傾訴吓啦！……我呢，就去鬧醒吓老戴！

莫潔貞　　盞嘥氣啦！佢正一「牛皮燈籠」！鬧醒佢？咪即是「對牛彈
　　　　　琴」？(進偏廳下)

5. 陶花琿

陶花琿　　呀──！好嬌娃！美如花！「誇啦啦」……(向觀眾)靚哩(下平
　　　　　聲)？我老婆周不時叫我「收檔」！……同佢梗係「收檔」啦……
　　　　　我都係嘅話！……之不過同喱朵「隔牆花」呢──都仲未「開
　　　　　場」！(招手)

　　　　　喂！遲到嗰啲，「入場」啦，「嘩嘩臨」坐低啦！你哋走晒雞
　　　　　咯！睇唔倒正話嗰朵「大好名花」……可惜吖！「一朵鮮花──
　　　　　插在牛糞上」！……冇話錯佢㗎──係我老友，我實知啦……
　　　　　「牛糞」嚟嘅！……係老友至叫佢做「牛糞」咋！若果唔係老
　　　　　友，我冇咁客氣嚛！……係嘅，「朋友妻，不可窺」──除非──
　　　　　有把握，實得米！你話吖：若果貿貿然去勾引老友個老婆。終
　　　　　歸勾唔倒、俾人摑一巴，你話幾冇面呢？……坐定晒啦嗎？(回
　　　　　工作枱開卷)好，睇吓老戴喱嗜「牛糞」畫出啲乜則咋！……乜
　　　　　話？用「灰石」！承起條正樑？……佢都侲嘅！你哋話啦！啲畫
　　　　　則師邊係路㗎！係我哋啲承建商至識嘢嘅啫！灰石喎！「紙上
　　　　　談兵」！……真係嘅！咁靚嘅老婆！嫁着佢……

13

第三場

6. 陶花珥、戴年業、懷春

戴年業 —— 三十餘歲則師，西裝筆挺，高傲而木獨 —— 自大門上。

戴年業　早晨老陶(音土)！落出雨喇……

懷自偏廳上，往關窗，之後一直留下拂拭傢俬而竊聽、竊笑。

戴年業　唔阻住你吖嗎？

陶花珥　嗌嗌想搵你就真！你哩張則呀！離晒譜呀老戴！

戴年業　乜咁勞氣呀？

陶花珥　你呀：寫住搵灰石承起成個瓦面！你都癲嘅！打個乞嗤就冧屋都有之！

戴年業　噉你話用乜吖？

陶花珥　梗係用麻石啦！

戴年業　灰石好睇啲嘛！

陶花珥　所以話你哋啲畫則師吖：愛靚就唔愛命！我又留學英國、你又留學英國；我就「頂呱呱」，你就「呲(下平聲)呲烏」，一味「空中樓閣」……講好睇唔講實際……

戴年業　講實際吖，麻石好重皮嘛！

陶花珥　你就抵呀，畫張公仔紙簽隻龜就有水收，一味諗縮數慳皮！我哋做建築嘅就幫你執手尾，「萬丈高樓從地起」，風吹雨打要捱得起，死人冧樓係我哋起……越諗越激氣！

戴年業　好嘞好嘞，你話用麻石就麻石啦長氣！

　　　　(自語)麻鬼煩嘅泥水佬！

陶花瑃	(自語)冇料嘅畫公仔佬!
戴年業	我女人過咗嚟可?
陶花瑃	係,同我女人响裡頭……喂,你做乜「糟質」阿嫂呀?
戴年業	佢背頂「嗤」我呀?
陶花瑃	冇冇冇……睇吓佢個樣都知啦!
戴年業	佢都冇解嘅,自尋煩惱!實在嫁着我都算有福啦!「標準丈夫」!從來冇「唔三唔四」!
陶花瑃	真係冇——「滾三滾四」?
戴年業	冇,佢仲想點睇?話嫌我「冷落」佢喎!
陶花瑃	噉點解你唔對佢「熱情」啲呢?
戴年業	唔!「世風日下」,女人心都不古!……咄咄咄!……噉你有冇對你老婆「熱情」吖?(懷竊笑)
陶花瑃	我?成廿年老夫老妻咯,有乜「酒埕醋埕」都封咗埋啦!
戴年業	「醇酒越老越可口」嘛!
陶花瑃	「老婆越老越可畏」弊呢!
戴年業	「女人心、海底針」,都唔知佢想點;女人結婚都望個老公「事業有成」略?仲諸多……(不安地斜視懷,懷低頭幹活作不聞狀)……「要求」!你老婆有冇「要求」你乜乜……「浪漫」噉吓?
陶花瑃	冇,嚇死人咩!
戴年業	你知啦,我好忙喫嗎,一日「擒」上棚啦、猵地板啦、夜晚返嚟骨都散,一上床就瞌埋眼……呢、我女人就話嫌我唔夠「熱情」同「浪漫」喎!
陶花瑃	話得啱吖!
戴年業	我都唔好「啷手嘢」嘅,我又唔係乜嘢「大情人華倫天奴」,所以至一早置家啫!
陶花瑃	即係話你係個「南極冰山」!

15

戴年業	冰山？唔通你係「火山」啩？！
陶花琿	你睇差喇，大家男人唔怕話你知，我雖係外表「道貌岸然」，查實裡頭係滾到「燉焾焾」嘅「岩漿」嚟㗎！隨時爆發㗎！
戴年業	咪笑死我咯！你係「火山」？
陶花琿	唔通你係啩？
戴年業	你又知？
陶花琿	你冇「岩漿」囉！
戴年業	我冇？
陶花琿	係囉，冇「岩漿」嘅「火山」，咪一味「高棟棟」，「擘大個口得個窿」！
戴年業	若果結婚淨係為咗「嗰手嘢」嘅，不如滾個「妹仔」！（懷瞪目）呀！我醒起嚟為乜嘞！借個妹仔我使吓得嗎？
陶花琿	懷春？哦！你曳嘞！（奸笑）
戴年業	咪諗歪呀，係俾我個侄阿夢星咋。
陶花琿	噉就好正當喇咩？
戴年業	嗰個「書獃（音die）子」正菜都冇咁正經啦！一味死刨啲乜嘢哲學！
陶花琿	咁後生就學貞「節」呀？下半世點揾呀？
戴年業	嗱，今日禮拜六，佢要返省城嶺南大學、禮拜一開課咯。火車又停咗，罷工喎……要搭「省港澳火船」……你知佢個「大懵成」嘅啦，周日「一嚿雲」嘅，冇人傍佢容乜易上錯船呀，椿落海呀噉㗎！我個妹仔又嫁咗去「金山」……你話唔話得事吖？
陶花琿	得！……之點解你唔自己送佢去呢？
戴年業	唔得閒哩（上聲）！周身工夫……今晚我都唔响屋企瞓。
陶花琿	呀哈！

戴年業	一支公咋！
陶花琿	咁「橋」？
戴年業	仲要去澳門一間嚟荟酒店過夜！話有鬼喎……晚晚「而衣哦哦」鬼聲鬼氣嘅話喎！
陶花琿	咁猛鬼？
戴年業	係鬼！唔使審實係啲水渠舊咗，會呻(去聲)氣！
陶花琿	似嘞！
戴年業	呢，個租客話有鬼，要中途解約，個業主唔肯，嗽澳門政府咪禮聘我以專家身份調查吓囉，要我去瞓一晚睇過喎。
陶花琿	睇吓係鬼定係水渠？
戴年業	係囉。
陶花琿	嗽阿嫂點呀？
戴年業	有乜點啫？一早又霎氣囉，佢話我借啲意掉低佢一個人(上平聲)喎，講極佢都唔明，梗係做掂「則師」嗰份先過「老公」啦！
陶花琿	因住呀老友，咪搞到第個男人做埋「老公」嗰份嗻！
戴年業	吓？
陶花琿	你嗽玩法好牙煙囉！女人好易啵(音tum去聲)㗎咋，若果送頂綠帽俾你戴，都係你自己攞嚟咋！
戴年業	我老婆「勾佬」？咁易咩？你估「契家佬」通街等住你呀？做「影畫戲」就有！
陶花琿	好吖，咁老定！睇住嚟吖！
戴年業	睇咪睇！
陶花琿	(向觀眾)抵佢戴綠頭巾嘅！最好係我送俾佢嚟！

懷進偏廳下。

17

第四場

7. 陶花璉、戴年業、戴夢星

叩門聲。

陶花璉　　入嚟！

戴夢星 ── 廿餘歲書獃子，厚片眼鏡、挾書本 ── 自大門上。

戴年業　　你呀夢星？

戴夢星　　阿叔、陶生，唔阻你哋傾偈吖嗎？

陶花璉　　唔阻。（夢四處搜索）

戴年業　　你「撬」（去聲）乜嘢呀？

戴夢星　　唔好意思（音試）呀陶生，我唔知有冇漏低本書響度呢？你有冇見過呀？係斯賓諾薩嘅《人之情慾論》呀。

陶花璉　　嘩！後生仔睇埋晒啲又「私奔」又「殺人」又乜乜「肉卵」？

戴夢星　　唔係哩（上聲），「斯賓諾薩」係哲學家嚟㗎！

陶花璉　　唔！兩叔侄一擔（去聲）擔（上平聲）：一個畫則呃飯食、一個就讀咸濕書！

戴夢星　　係哲學書呀，係批評笛卡兒喱本……（展示所挾書本）《情慾論》嘅！

戴年業　　情慾嘅理論呀？

陶花璉　　教埋「實行」呀？

戴夢星　　冇喋，陶生！

戴年業　　你咪「為老不尊教壞子孫」啦！

陶花珥　　乜教壞啫？噉係吖嗎⋯⋯「理論」加「實踐」至啱略！⋯⋯打麻
　　　　　雀學章法都要落場打返幾圈啦。

8. 陶花珥、戴年業、戴夢星、懷春

懷自偏廳上。

懷春　　　大少！

陶花珥　　乜事？

懷春　　　少奶叫你呀。

陶花珥　　周時慣啦！

懷春　　　佢試緊身，話「要請教吓你最屎嘅眼光」喎！

陶花珥　　多事！「嘴jer jer」！

夢仍搜索。

戴年業　　你又做乜呀？

戴夢星　　搵哲學書囉阿叔！（搜「防火用品」箱）

陶花珥　　嗰箱嘢係火燭用嘅，哲學就冇嘞！⋯⋯懷春！你有冇見過佢本
　　　　　書喎！咩嘢「殺人走佬」話？

懷春　　　走佬？

戴夢星　　係「斯賓諾薩」呀陶生！

陶花珥　　「私奔」咪即係「走佬」？

戴年業　　細路女鬼識咩！

19

懷春	我冇見過呀大少。
戴夢星	冇望咯！又破財囉！
陶花珥	呀！懷春呀！你等陣送阿夢星少去省城返學堂啦！
懷春	大少，今日晏晝到聽晚我請咗假去「送嫁」㗎！
陶花珥	「嫁」乜嘢吖！戴生出高「價」揾你做跟班！
懷春	啋……使唔使問過少奶先呀？
戴年業	係咪呢？話咗你唔揸得主意㗎啦！
陶花珥	(死要面子)少乜嘢奶吖，我係「一家之主」話晒事！
懷春	(陰陰笑)好，樂意到極！
陶花珥	理得你樂唔樂意吖，叫你去就去啦！(向夢)幾點鐘要去呀？

夢懵然不知。

戴年業	十一點開船，挨晚(上平聲)到澳門，轉船去省城，聽朝到埗，懷春聽日挨晚返到香港。
陶花珥	你清楚晒啦嗎？聽晚好返嚟喇！
懷春	但係少奶佢要去……
陶花珥	(模仿崔口吻)「叫佢去死啦」！
懷春	(狡猾地隱瞞事實)好啦大少！(往幹活)
戴年業	唔該晒嘑老陶！
陶花珥	小意思(音試)啦！

夢開始閱書。

崔銀嬌	(外場)陶花珥！

陶花璭　　又「吹銀雞」咯！（揚聲）嚟緊喇！大人！（向戴）嚟啦老戴，我女
　　　　　人試身十足你啲地盤搭棚嘅喺，嚟趁吓熱鬧吖！

戴年業　　好呀！

二人往偏廳下。

第五場

9. 戴夢星、懷春

戴夢星　　（朗誦）「情慾乃發自內心之感情，由人之獸性推動，驅使其與合適對象親近。」

　　　　　（信心十足地）正是如此囉！

懷春　　　即是點呀星少？

戴夢星　　吓？

懷春　　　你响度做乜呀？

戴夢星　　學緊「愛情」囉。

懷春　　　真㗎，嗽樣姿勢？使唔使我幫吓你呀星少？

戴夢星　　懷春姐，你曉「愛情」呀？

懷春　　　係人都曉㗎啦！

戴夢星　　係咪睇「笛卡兒」呀？

懷春　　　冇！睇過掌問姻緣啫。

戴夢星　　睇怕你唔多明啫！

懷春　　　（以雞毛掃掃夢頸後）真係唔使我幫？Hum？

戴夢星　　好酸軟呀！

懷春　　　舒服哩（上聲）！

戴夢星　　我……冇嗽話呀，我話好酸軟啫！（自語）正「廿一點」——「十三點」加「八」呀！

懷春　　　做乜咁晦氣啫，hum？

戴夢星	唔係晦氣!……我讀緊書吖嗎!……有個女仔响度,我點學倒「愛情」啫?(往坐沙發)
懷春	使乜怕醜啫?「一次生,兩次熟,三次就洞房花燭」囉!
戴夢星	(朗誦)「精神之愛有別於肉慾之愛……猶如父母之愛子女,有別於男女戀人之愛……兩者之感情衝動或有相似!然而……後者所求乃佔有對象,而非對象本身……」

與夢誦讀之同時(1)懷逐步坐近而夢退避,(2)懷同時向觀眾獨白:

懷春	做妹仔求乜啫?至緊要釣倒個金龜婿少爺仔,嗽咪「水鬼陞城隍」囉!啲嗽嘅未聞過女人除嘅「花嘰」好易上釣啫。今晚去到澳門呢……哼哼!……(掃夢手背)
戴夢星	嗯……好舒服呀!
懷春	係哩(上聲)!
戴夢星	係!(續誦)「為父母者,求子女之幸福……」
懷春	嗯!啤啤仔!啤啤仔!
戴夢星	唔該你啦懷春姐,淨係「動手」──「不動口」啦!
懷春	好,星少!
戴夢星	「為人父母者……求子女之幸福……」
懷春	有冇人話過你知:你好靚仔啫?
戴夢星	我?……唔知呢!……呀!有一個!
懷春	邊個啫?
戴夢星	影相佬呀:我去晒一打相,佢話:「你咁靚仔,晒夠三打啦!」……係嗽囉。
懷春	哦!我仲估係女仔嗍!

戴夢星	「為人父母者……為父……」
懷春	(手撫夢大腿)嘻嘻,點呀星少?
戴夢星	冇……你隻手……點解我會咁……咁……
懷春	咁「疏肝」哩?點解唔問吓你個「笛」也「兒」啫?
戴夢星	懷春姐,佢冇講到喱樣嘅。
懷春	係咪呢!我係你就冚埋部書嘞!邊有後生仔响部書度學愛情嘅啫?……即係「趴」响梳化度學游水!……抌你落海咪唔掂囉!……攞嚟啦!(奪書丟開)
戴夢星	做咩啫?
懷春	睇吓你,兩隻「豉油碟」咁鬼肉酸!(脫其眼鏡)唔戴睇唔倒咩?
戴夢星	睇倒……仲清楚啲嘅!
懷春	睇吓你啲嘅頭髮吖,應該轉吓髮型,梳個「大小便不分裝」嘅吖嗎。天生靚仔一樣要打扮幫補吓㗎嗎,知冇?(撥弄其髮)
戴夢星	(閉目陶醉)再嚟過!(懷續弄髮) 嗯……好爽呀!(懷愛撫其耳、頰、頜、頸)好舒服……舒服……(突然跳起拾書再讀)「情慾乃發自內心之感情」……
懷春	(搖頭放棄)星少!
戴夢星	懷春姐?
懷春	我走喇!
戴夢星	走嘩?
懷春	鞋!十足「拉牛上樹」!(出大門下)

10. 戴夢星、陶花滇、戴年業、崔銀嬌、莫潔貞

戴夢星　　（誦讀）「正人君子之友情……」

　　　　　（外場喧鬧聲，夢掩耳誦讀）「正人君子之友情亦歸此類……」

莫自偏廳先上，陶、戴、崔隨上。

莫潔貞　　（大慍）激死人喇！

戴年業　　皇帝呀！你到底要我點啫？

莫潔貞　　你問你自己啦，我……我講唔出呀！

崔銀嬌　　到你好似我嘅做咗廿年夫妻呀，你仲「心淡」呀！

陶花滇　　你講乜啫？成廿年來……

陶花滇、
戴年業　　（異口同聲）我盡量令你「幸福」！

崔銀嬌、
莫潔貞　　「幸福」？哈哈哈！講得幾好聽！

陶花滇、
戴年業　　係「幸福」嘅！

崔銀嬌、
莫潔貞　　冇！一啲都唔「幸福」！

陶花滇、
戴年業　　有！有「幸福」！

崔銀嬌、
莫潔貞　　冇！冇「幸福」！

四人　　　（同時）有/冇！有/冇！……

戴夢星　　（立起大嚷）好喇，好喇！人哋點讀書嘛？「癲狂院」嘅！（出大
　　　　　門下）

第六場

11. 莫潔貞、戴年業、陶花珺、崔銀嬌

莫潔貞	我「撫心自問」：當初為乜要嫁俾佢吖？老公喎！佢……佢都冇……冇……（怕羞狀）
陶花珺	（推波助瀾代訴）冇盡到做老公嘅責任？
戴年業	喂！當住咁多人……
莫潔貞	佢淨係娶我返嚟做「煮飯婆」……煮飯洗衫補爛襪！……佢就望都唔望多我一眼……當我「可有可無」！……
崔銀嬌	陰功咯！……啲衰男人好冇「本心」嘅！……咪睬佢啫！
戴年業	邊係呢？「死人燈籠報大數」！
崔銀嬌	（向戴）你知啦，我同陶花珺成廿年公婆！……若果我老公噉對我呀……哈哈！我擰甩佢個頭呀！
戴年業	（向陶）講真？
陶花珺	「吹」啫！「吹」啫！
戴年業	（向莫）好吖，你想點？想我丟低晒啲正經生意成晚陪住你？
莫潔貞	你咪去到夠囉！你响庶定唔响庶我都近唔倒你㗎啦！
戴年業	鞋！「講來講去三幅被」！
莫潔貞	嫁咗你好似守……守生寡嘅！叫人哋點樣成世流流長嘅「獨守」……「獨守」……（又羞於啟齒）
陶花珺	「空幃」！
莫潔貞	你因住我嬲嬲地把心一橫去……去……
戴年業	去「勾佬」呀？

陶花琿	「大條道理」吖！
戴年業	你唔出聲冇人話你啞嘅！
莫潔貞	總之你因住嚟，終須有日，我要你戴……戴……
陶花琿	「蓮葉」— 即是「綠帽」！
戴年業	你？
莫潔貞	好奇咩？……幾多女人醜樣過我都有……有……
莫潔貞	(同時)「新歡」！
陶花琿	(同時)「老契」！
戴年業	哈哈哈！笑死我咯！……去吁老婆 ……去搵「新歡」吖！
莫潔貞	你唔好量(去聲)我！……大把男人排住隊任我揀……
戴年業	噉你揀啦，揀返個男人啦！
崔銀嬌	老戴，咪激佢啦！
戴年業	係佢激我咋！……我望都望你搵倒個「新歡」！……我淨係拜託佢一樣嘢啫：最好佢「糖黐豆」噉黐實你，唔使嚟煩我！
莫潔貞	嗱，你話啦陶生！
陶花琿	噉係癲嘅！你係癲嘅！佢係癲嘅！
莫潔貞	好！你叫我喋！你睇住嚟！
戴年業	我得閒！請呀！
崔銀嬌	咪噉啦阿戴！係噉意氹返吓佢啦！
戴年業	我氹返佢？蜑家婆攞蜆 — 第「篩」(世)啦！

戴出大門下。

崔銀嬌	戴年業！戴年業！(追之下)
陶花琿	(追至門前)你恨錯難返呀老戴！……實恨錯喋！

第七場

12. 陶花䐟、莫潔貞

莫潔貞　你聽到啦！我老公呀！……噉講嘢法！

陶花䐟　(向觀眾)睇住咯嗱！(作大情人狀)「華倫天(/地)奴」！似哩？……預備，一、二、三……(向莫)潔貞！潔貞！「艾──甩符──you」！……我──愛──你！

莫潔貞　吓？

陶花䐟　佢自己攞嚟衰㗎！……攞嚟衰！你聽住我警告佢㗎啦？……我盡晒老友嘅責任㗎啦？

莫潔貞　係咻！

陶花䐟　我話咗佢會恨錯㗎啦！……佢唔聽嗎！……好啦！佢自己攞嚟嘅……頂綠帽……我送……你記得吖：你話要「另尋慰藉」，佢應你話「去搵啦！去搵男人啦」！……好吖，你係個有骨氣嘅女人，你就去搵──男人！

莫潔貞　係！……你講得啱！

陶花䐟　你咪話冇「定」(音den)搵呀，呢，有我吖嗎！

莫潔貞　你？

陶花䐟　之唔係我！……一句講晒，佢當住我面奚落你！……好！我幫你兜返個面！……佢量你搵唔倒情人！……好！我支持你！「揢義氣」！……我做你情人！

莫潔貞　你？

陶花琿	冇錯！……我唔抵得有人响我面前奚落女人！對唔住老友都要做一次㗎嘞！我為你咋……為咗挽回你嘅面子！潔貞……潔貞！要我啦！
莫潔貞	咪噉啦……等我諗清楚先……陶生！……我應該守「婦道」……
陶花琿	犧牲佢囉！……咪講「婦道」啦！……呀！潔貞……有啲緊要關頭要拋開「婦道」㗎！
莫潔貞	係？
陶花琿	嘩，我呢？……我咪一樣犧牲咗我對銀嬌嘅「夫道」？我「窒」都冇「窒」吓！為咗更重大嘅責任！
莫潔貞	諗落又係噃！
陶花琿	你「尊嚴受損」……我「義不容辭」、「義無反顧」、「從容就義」！大步（音da boo）—— 走（上平聲）！
莫潔貞	冇錯！
陶花琿	一二一（音it erh it）！（挽莫臂）
莫潔貞	做咩呀？
陶花琿	操上前線囉！
莫潔貞	鞋！陶生！……（坦白地不感興趣）同你呀？……唔得嘅！
陶花琿	你猶疑呀！……潔貞呀！咪咁細膽啦！我好「掹」你呀！……你記唔記得佢點奚落你吖？
莫潔貞	記得！
陶花琿	你講「婦道」？吓！佢有冇盡到做丈夫嘅「夫道」，做「男人」嘅「人道」吖？
莫潔貞	係噃！
陶花琿	佢唔負責任，你使乜負責任吖？

莫潔貞	冇錯!
陶花珺	佢有咁靚嘅老婆,都唔幫你「畫眉」,掛住畫埋啲⋯⋯「水渠」!⋯⋯「公廁」!
莫潔貞	真㗎!我仲賤過「公廁」!
陶花珺	佢「不解風流」、冇啲情趣⋯⋯都唔係男人嚟嘅!⋯⋯
莫潔貞	佢仲改個名做「戴蓮葉」!⋯⋯死「武大郎」!⋯⋯
陶花珺	我就行正「桃花運」!⋯⋯我係為你報仇!⋯⋯「大條道理」㗎!
莫潔貞	喏!多謝晒你解明我聽⋯⋯我應該點做——不過你副「尊容」⋯⋯我難做啲啫!
陶花珺	我做俾你睇吓,一個男人應該係點嘅!⋯⋯温柔、體貼,但係「熱情如火」!
莫潔貞	陶生!⋯⋯你雖然「其貌不」⋯⋯「驚人」!⋯⋯不過你好識呃女人開心!
陶花珺	失禮!潔貞!失禮!
莫潔貞	講真吖!若果你一個鐘頭前講啲嘢嘢,實嚇壞我㗎!
陶花珺	我識趁熱至打鐵呢!
莫潔貞	你而家講呢,我就話:「你叫我做乜,我都應承!」
陶花珺	呀!潔貞!潔貞!⋯⋯我「靈魂兒——飛上天」!(引號全句用普通話讀)
崔銀嬌	(外場)陶花珺!陶花珺!
陶花珺	撻返落地咯!⋯⋯潔貞!「千金一刻」!今晚你老公唔响企——你「自由」咯!⋯⋯我都會諗橋甩身⋯⋯「自由」⋯⋯
莫潔貞	哦!

陶花琿	我哋「雙雙對對」噉去……
莫潔貞	去邊呀？
陶花琿	去「天堂」(/溫柔鄉、仙境、桃花源)！
莫潔貞	响邊度㗎喇？
陶花琿	我仲未知！……我揾倒……就話你知……然後一齊採取「報復行動」！……嘛！……我老婆呀！

13. 陶花琿、莫潔貞、崔銀嬌

崔上。

崔銀嬌	陶花琿！我好氣頂呀！
陶花琿	點解呀？
崔銀嬌	(指陶)你個老友，(指莫)你個老公呀，我好心做「和事佬」勸佢一聲，你估佢點「dud」我呀？(仿戴)「各家自掃門前垃圾，休管他人瓦上貓茄(音kair上平聲)啦，八婆！」
莫潔貞	似係佢啲聲氣！(/成日都嗰句)
陶花琿	噉都講得出嘅！
崔銀嬌	唔係咁呀？
陶花琿	對你講㗎？
崔銀嬌	係囉！
陶花琿	都冇啲「敬老」！……
崔銀嬌	你去死啦！……(向莫)唉！你苦命咯！有個噉嘅老公！……
莫潔貞	佢就知死啦……
崔銀嬌	乜話？

莫潔貞	冇，冇嘢！
崔銀嬌	若果我阿陶噉對待我呀……
陶花塿	噉就點呢？
崔銀嬌	我就馬上行出去……
陶花塿	做乜呀？
崔銀嬌	見倒頭一個男人，就攬住佢囉！
陶花塿	吓！銀嬌！……你千祈咪噉呀！
崔銀嬌	我實會啫！
陶花塿	(自語)嗰個傻佬實俾你嚇死(/啪骨巉死)㗎！

14. 陶花塿、莫潔貞、崔銀嬌、懷春

懷上。

懷春	少奶呀！隔籬有人送套衫嚟戴太嘅喎！
莫潔貞	呀！係呀！我訂落嘅……失陪咯嘛！
崔銀嬌	好行喇！老公唔好咩？新衫補返數！可？
莫潔貞	拜拜喇！……(向陶)走喇陶生！
陶花塿	拜拜！……(低聲)一言為定！
莫潔貞	係！(自語)係佢自己攞嚟嘅！(出門下)

第八場

15. 陶花珺、崔銀嬌、懷春

懷上。

懷春　　少奶，有信呀！

崔銀嬌　　哦，擺低啦！（坐沙發開信）

陶花珺　　揾笪秘密嘅幽會地方先！⋯⋯呀！真係蠢！「點解我唔查吓黃頁啫」？（拍案）

崔銀嬌　　咪「拍枱拍櫈」啦！⋯⋯阿懷春呀，我今日聽日都唔响企食嘞！

陶花珺　　（自語）佢出門？正晒！（向崔）你去邊庶呀大人？

崔銀嬌　　返新界探家姐囉⋯⋯佢依排唔自在，我今晚响佢庶陪佢，聽晚至返嚟嘅喇——你知啦，去錦田圍（/天水圍）係得牛車坐嘅咋！

陶花珺　　正晒！合晒「合尺」（音何車）！

崔銀嬌　　你知清楚啦嗎懷春？去整定先生啲飯餐啦！

懷春　　係，少奶！（出大門下）

16. 陶花珺、崔銀嬌

陶花珺　　（背崔翻查電話簿）酒⋯⋯酒⋯⋯「酒店旅館」响邊頁呢？⋯⋯

崔銀嬌　　（開着信）嘩！金舖寄單嚟喎！

陶花珺　　（大嚷）有喇！

崔銀嬌　　有咩嘢呀？

陶花瑻	吓?冇!我話……有……有金舖嘅單囉!
崔銀嬌	係我話你知嘅!
陶花瑻	係吖!
崔銀嬌	你耐不耐就嗡埋啲廢話!
陶花瑻	係!係廢話!
	(自語)陸海通旅館 —— 太旺!淺水灣酒店 —— 太貴!
崔銀嬌	我哚!
陶花瑻	又做乜呀?
崔銀嬌	咁「賤格」都有嘅?
陶花瑻	乜嘢啫?
崔銀嬌	寄啲酒店告白㗎囉!……一、二、三份!
陶花瑻	講咩㗎?
崔銀嬌	「禧春酒店」……「澳門提督二馬路廿二號」……
陶花瑻	「春禧」係嗎?
崔銀嬌	係就係「恭賀春禧」個「禧」、不過「禧」字先到「春」嘞……「澳門提督二馬路廿二號」……
陶花瑻	哦!澳門嘅!葡萄牙佬啲中文係咁水嘅咯!
崔銀嬌	幾骨痹呀!……「安全保密,密密實實!夫婦同來或各自光顧,無任歡迎!」
陶花瑻	寫到咁露骨?
崔銀嬌	唔信俾張你睇吓!(遞一傳單)
陶花瑻	真係嘞!
崔銀嬌	實係啲污糟邋遢嘅「偷歡」酒店!

陶花瑍　　右錯！（向觀眾）啱晒我囉！（讀）「房租豐儉隨意」！

崔銀嬌　　（讀）「並設特廉月票」！……「核突」！

陶花瑍　　「核突」！（向觀眾）我買返張月票！（袋起）

崔銀嬌　　邊個咁衰寄啲噉嘅嘢俾我呢？（搓成紙團棄地上）

第九場

17. 陶花珺、崔銀嬌、懷春

懷自大門上。

懷春　　　少奶，有位先生嚟搵大少少奶喎！

崔銀嬌　　係邊個呢？

懷春　　　佢話佢叫做「馬行田」喎！

崔銀嬌　　哦！「馬衡畋」！……陶花珺呀！……省城嗰個「馬衡畋」呀！

陶花珺　　乜佢出咗嚟香港咩？懷春，請佢入嚟啦！

懷春　　　係，大少！

崔銀嬌　　仲有呀──順手扰咗地下啲爛紙啦！

懷春　　　（拾傳單）係、少奶！……（展示之）咦？「禧春酒店」？唔……
　　　　　（點頭，下）

18. 陶花珺、崔銀嬌、懷春、馬衡畋

崔銀嬌　　馬衡畋，我以前好迷佢唱嘢㗎！

陶花珺　　舊年我哋咪返省城探過佢班嘅？

崔銀嬌　　佢仲鬼咁喜客，招呼我哋响佢間祖屋──鬼咁大間嘅呢──住咗
　　　　　成兩個禮拜嗉！

陶花珺　　可惜跟住佢間祖屋就要拆呢！

崔銀嬌　　佢幾好招呼啊可？又鬼咁識講嘢！

陶花駟　　　唔奇吖，佢做大戲㗎嘛。

懷領馬衡敗上。

懷春　　　請入去先啦先生。

馬衡敗──中年粵劇落鄉班伶人，自大門上，因手持雨傘尚濕及衣服亦濕，慣性地以舞台功架式動作揮去水滴，猶如粵劇式上場。

陶花駟　　　喂──馬老兄！入嚟入嚟請入嚟！

崔銀嬌　　　乜咁好嚟探吓我哋呀？真係估唔到噃！

陶花駟　　　阿懷春，幫馬生攞咗把濕遮出去！

懷如命取傘下。

19. 陶花駟、崔銀嬌、馬衡敗

陶花駟　　　老馬！（馬已坐下，見二人尚立着、立起）坐低啦！（馬再坐下）乜咁錯蕩呀？

馬衡敗　　　我係豬……豬……豬……

陶花駟　　　吓？豬？

馬衡敗　　　豬……「專」誠嚟拜……拜……

崔銀嬌　　　你唞順條氣先！

馬衡敗　　　阿S……嫂！我……我記住你嘅……腰……腰……

崔銀嬌　　　（受寵若驚地手掩腰）喺！

馬衡敗　　　「邀」請我嚟滾……滾……（崔瞪視陶，陶搖手）

陶花駟　　　我冇叫佢嚟「滾」㗎！

馬衡畋	滾……「滾攬」你哋……你哋咁好好好……
陶花玙	Ho ho ho！你有啲唔妥呀？
馬衡畋	呵呵呵……「何」解呢？
陶花玙	噉嘅……實在唔多覺啫……不過若果好留心聽你講嘢呢……就好似……有些少……阻滯……
崔銀嬌	舊年响省城見你都有事嘅！
馬衡畋	嗰陣抽……抽……
陶花玙	抽筋？
馬衡畋	「秋」天……日日日都好好好……
陶花玙、崔銀嬌	(禮貌地陪笑)Ho ho ho！
馬衡畋	「好」天……好天我冇事……但係依家噉落狗……狗……
陶花玙	「落狗屎」？
馬衡畋	落「幾」粒雨……我就賴……賴……
陶花玙	廁所响裡頭！
馬衡畋	賴……(晒靴格一腳踢出)「漏」(去聲)口！
崔銀嬌	哦！
馬衡畋	好卵……卵……(陶掩崔耳)「論盡」！(譯註：可改為「我真係太監……太監……太監……『尷尬』咯！」)

陶、崔釋然。

崔銀嬌	噉都有嘅。
陶花玙	仲準過天文台！

馬衡畋　　如……如果haha……「行」雷閃……閃電我就(女高音)吖……
　　　　　吖……!(如嬰孩——粵劇「斗官」笑聲)

陶花珒　　變咗蘇蝦?

馬衡畋　　「啞」晒!

崔銀嬌　　咁擇使?

馬衡畋　　真係丟……丟……丟……

陶花珒　　(以為粗口掩崔耳)我明嘅、係好激氣嘅……

馬衡畋　　「丟」架!

陶花珒　　係嘛!你做大戲嘅。落雨天點算呀?

馬衡畋　　俾人剃……剃……

陶花珒　　剃眼眉?

馬衡畋　　(搖頭擺手)搵我個仔……仔……

崔銀嬌　　你冇仔㗎!

馬衡畋　　「侄」呀……阿師……師曾替……替……替我!

陶花珒　　哦!馬師曾!後起之秀嚟嘛!……哈!你認真夠老友嘛!一出
　　　　　到香港就嚟搵我哋先係嗎?雖然拜年就遲咗啲!

馬衡畋　　我……我記住阿嫂……嫂你個窟……個窟……

崔銀嬌　　(掩臀)仲離譜過「腰」嘛!

馬衡畋　　「個番」……說話!叫……叫我至緊要嚟香……香港搵你……啜
　　　　　……啜……

陶花珒　　(自語)你啲眼光仲「屎」過我!

馬衡畋　　「住」……返一排!阿嫂你冇後……冇後……

崔銀嬌　　唱我哋!

馬衡畋　　冇後……悔吖嗎?

陶花珺	哦，唔會！
崔銀嬌	難得你賞面啦！
陶花珺	住幾耐都得！兩日？三日？起碼住三日啦！
馬衡畋	唔……唔……唔得！
崔銀嬌	得嘅！
陶花珺	一於要啦！
馬衡畋	唔得！
陶花珺	你唔俾面！
崔銀嬌	我哋嬲㗎！
馬衡畋	我要嘅……嘅……「住」一……一個月！
陶花珺、 崔銀嬌	一個月！
崔銀嬌	耐啲嘛！
馬衡畋	唔……唔耐！
崔銀嬌	我哋唔敢監你住成個月咁耐！
馬衡畋	唔……唔拘！
陶花珺	認真俾面！俾面！

馬往脫外衣掛起，立窗前伸懶腰覽風景等。

崔銀嬌	住成個月蝕俾佢嘛！我哋上次响佢屋企住佢兩個禮拜咋！
陶花珺	我哋兩個人呢！一人兩個禮拜，一樣計數啫！
馬衡畋	唔滾……滾……
陶花珺	唔「滾攪」！點會呢？你一支公挽個篋（音gibb）之嗎！

馬衡畋	唔⋯⋯唔只！我帶⋯⋯帶咗啲⋯⋯你哋諗⋯⋯諗唔倒嘅⋯⋯
崔銀嬌	「手信」？
馬衡畋	係⋯⋯係你哋⋯⋯「守信⋯⋯信用」⋯⋯（最後兩字陶氏夫婦聽不見）
崔銀嬌	手信喎！佢幾識做可！

20. 陶花珺、崔銀嬌、馬衡畋、懷春、苦力

懷自大門上。

懷春	少奶！有「咕喱」抬嘢喫呀！
馬衡畋	係⋯⋯係我嘅！
陶花珺	哦！你個篋呀？

一苦力抬大槓戲箱上。

苦力一	嘩！抬棺材咁重！

懷下。

馬衡畋	丟⋯⋯丟⋯⋯
苦力一	乜話？（放下槓磨拳擦掌）
馬衡畋	丟⋯⋯（踢出）低啦！
苦力一	以為佢「搜」（去聲）打喺！
馬衡畋	趯⋯⋯趯⋯⋯
苦力一	（譯註：以為他說「趯路」）俾錢先！
馬衡畋	「幾」銀呀？

苦力一　　　哦！四(音試)個仙！

馬衡敗　　　阿T……陶呀！你……有冇薛……「薛覺先」呀？

陶付錢。

崔銀嬌　　　嘩！咁大個槓！

陶花瑲　　　四個薛覺先都擠得落呀！搬入客房先哩？

懷復上。

懷春　　　　喱便啦！少奶呀！「陸續有來驚(音gang)」呀！

陶花瑲、
崔銀嬌　　　吓？

三苦力抬三箱上。

馬衡敗　　　(指苦力)冚包……冚包……(四苦力齊喊打狀)

四苦力以為馬説「冚包散」。

四苦力　　　吓？「冚包散」？砌佢！

馬衡敗　　　「冚唪呤」我……嘅！

四苦力點頭「哦！」

崔銀嬌　　　一……二……三……四！成台戲呀！

馬衡敗　　　J……就係你哋諗……諗唔到嘅……

崔銀嬌　　　手信呀？嗽點係呀！

陶花瑲　　　乜咁客氣呀？老馬？

馬衡敗　　我冇碎……碎……你幫我打……(指四苦力)打……

四苦力磨拳擦掌。

陶花珺　　「打賞」？(付錢)嚀！唔該晒嘞！去廚房啢吓飲杯茶啦！
苦力一　　多謝！……成日「搜」打都冇下文嘅！

四苦力下。

懷下。

21. 陶花珺、崔銀嬌、馬衡敗

陶花珺　　四大槓！出邊槓呢？

崔銀嬌　　咁客氣！開嚟睇個！

馬衡敗　　開……開？

陶花珺　　估唔倒咪「揭盅」囉！

馬衡敗　　唔……唔……

崔銀嬌　　仲要我哋估？

馬衡敗　　頂……頂……

陶花珺　　估唔倒都「頂」？

馬衡敗　　(踢)「等」陣先！

陶花珺　　(閃)遲早踢死！

崔銀嬌　　真係估唔倒哩！咪吊我哋癮啦！你真係「人死唔錯」啫！

陶花珺　　闊佬我見得多，不過老馬噉嘅出手、就真係「百如不聞」……
　　　　　「百見不如」……「百一不見」……

馬衡畋	「百聞不如一見」！
陶花瑈、 崔銀嬌	(拍手)好嘢嘞！
馬衡畋	我唔「漏」埋人哋嗰份「口」嘅！(/我唔「漏」他人之「口」嘅！)

22. 陶花瑈、崔銀嬌、馬衡畋、懷春

懷上。

懷春	少奶！有班大姐仔坐「山兜」嚟到、上緊㗎……
馬衡畋	SSS……四個？
懷春	我冇數真嘞！
馬衡畋	又……又係我嘅！
懷春	我請佢哋入嚟吖！(下)
馬衡畋	招……招……「就」係佢哋喇！諗……諗唔到哩？
陶花瑈	四個女仔？
崔銀嬌	送俾我哋嘅？我哋點使得四個妹仔呀？
馬衡畋	係小……小……小女呀！
陶花瑈	唔係呀嗎？
馬衡畋	舊……舊年見我一支公哩！……老……老婆死咗八……八年！
陶花瑈	翻生呀？
馬衡畋	我……我跟戲班通……通處去，所……所以四個女一向響鬼……鬼……(陶氏夫婦寒顫)「鬼婆師姑庵」掛……掛單！誰……誰知間修院啱啱修……修……
陶花瑈	「修葺」？

馬衡畈	「收」檔！佢⋯⋯佢哋跟返我⋯⋯又未有戲開⋯⋯我就話⋯⋯老陶未⋯⋯未見過我寶女⋯⋯咪帶佢哋嚟⋯⋯嚟⋯⋯等你哋驚⋯⋯驚奇吓⋯⋯
崔銀嬌	唔慌唔「驚」咯！
陶花䁂	中風都有之！
馬衡畈	我⋯⋯我行先步嚟話⋯⋯話⋯⋯你知⋯⋯
陶花䁂	咁啲槓？
馬衡畈	係我⋯⋯我哋啲戲⋯⋯戲箱！
陶花䁂、崔銀嬌	慘咯！

23. 陶花䁂、崔銀嬌、馬衡畈、四女

外場少女談笑聲。

馬衡畈	到⋯⋯到嘞！入⋯⋯入嚟啦！

四女 —— 春夏秋冬 —— 上。

陶花䁂	成枱麻雀咯！
馬衡畈	我嘅乞⋯⋯乞⋯⋯乞⋯⋯
四女	（齊聲）—— 兒女！
馬衡畈	自⋯⋯自己報名啦！
四女	春蘭！夏荷！秋菊！冬梅！
陶花䁂	「一台花」㖭！
馬衡畈	我成⋯⋯成日提起嘅陶⋯⋯陶⋯⋯陶⋯⋯

四女	——陶生陶太！
馬衡畋	師⋯⋯師姑教你哋點⋯⋯點⋯⋯去行⋯⋯行個禮啦！

四女行西洋禮，陶氏夫婦手足無措答禮。

陶花珺、 崔銀嬌	好⋯⋯好⋯⋯好乖女⋯⋯
崔銀嬌	不過⋯⋯喺晒我哋度「出入」呀？（譯註：日本教科書）
陶花珺	即是「侵略」？四個！
馬衡畋	係⋯⋯係咁多啫！
陶花珺	你係咪路過咋？去第間修院呀？
馬衡畋	唔⋯⋯唔係！以後跟⋯⋯跟住我⋯⋯落鄉⋯⋯管⋯⋯管戲箱⋯⋯做⋯⋯做「梅香」⋯⋯
陶花珺	噉未開戲之前住邊庶呀？
馬衡畋	喱⋯⋯喱庶囉！
崔銀嬌	乜話？
陶花珺	噉點得㗎！冇商量！
馬衡畋	但⋯⋯但係你腰⋯⋯腰⋯⋯
陶花珺	我哋係噉意講吓啫！你明啦⋯⋯啲客氣説話咋⋯⋯
馬衡畋	吓？
陶花珺	你當真嘅！摸到㗎！好！一個咁多都冇計！不過成寶呀——一隊兵嘅！你估喱庶係「集中營」呀？
馬衡畋	係集⋯⋯集中營我就唔⋯⋯唔帶啲女嚟⋯⋯啦！
陶花珺	冇得傾！冇得傾㗎！嚇死我咯！你估我開「保良局」咩？

24. 同上

陶氏夫婦不再顧體面，公然吵嘴。

崔銀嬌	一日都係你衰！周圍派請帖叫人嚟住！
陶花珺	又關我事？又係你話嘅：「人哋招呼咗我哋兩個禮拜，係嗾意都要叫人嚟住吓！」
崔銀嬌	我諗住佢唔嚟至順口叫聲佢啫！
陶花珺	佢真係殺到嚟關我鬼事咩！
崔銀嬌	梗係關你事啦！你「係嗾意」——「順口癲過」嘅噏吓就算、佢咪唔會嚟囉！唔係！你係都要猛咁「掂」佢、講完又講、講到個槽佬唔好意思唔應承！
陶花珺	係咯！賴晒我啦！早就知實係我錯嘅咯！（與以上同時、馬與四女悽然相對、唱起《光緒皇夜祭珍妃》首段、作陶氏夫婦吵架之背景陪襯）
馬衡畋	怨怨恨老老吖呀豆！四四名閨女居居然賤到街邊跍跍埠！冇預預寶口！悔悔悔當初冇未未雨綢綢呀繆！
四女	怨恨老吖呀豆！香江好友都不能為我分吖憂！今晚夜、冇定呀咻！仰天嗟嘆大皺眉呀頭！
馬衡畋	冇寶寶口就冇冇修……
四女	對泣呀淨有愁……
馬衡畋、四女	（拉腔）呀——……

25. 同上

馬衡畋	好好啦！我明……明嘞！我哋都……都係過……「過主」B……B……吧啦！

49

崔銀嬌	你明就最好啦!真係冇地方喫!
馬衡畋	女……女呀!Ch……ch……扯喇!多……多謝陶……陶生陶……陶太招呼我哋「坐」……坐啦!
四女	多謝陶生,多謝陶太!
陶花琿	唔多謝,乜説話!……銀嬌呀,廚房啲「咕喱」怕未扯可?啲檳啊……都要搬扯喫!
崔銀嬌	我使懷春去嗌住佢哋!

26. 陶花琿、馬衡畋、四女、莫潔貞、崔銀嬌

莫上。

莫潔貞	嘩,咁多箱篋嘅?走難噉!
崔銀嬌	就搬扯嘅嘞!(下)
馬衡畋	喱位係……
陶花琿	等我嚟介紹,喱位馬衡畋先生係我老友……同佢……嘅……「四千金」!……喱位戴太!
馬衡畋	戴……戴太!乞……乞……
莫潔貞	佢想打乞嗤?
馬衡畋	「幸」會!
四女	戴太!(行禮)
陶花琿	(低聲向莫)我搵倒地方喇,你冇變卦吖嗎?
莫潔貞	冇!
陶花琿	十點三個骨响「省港澳火船」碼頭見啦!咪咁張揚播!我會插朵玫瑰,夾住本《金瓶梅》。

莫潔貞	點解呀？
陶花痯	做記認囉！
莫潔貞	但係我識你略！
馬衡畂	有……有冇平……平酒店呢？香……香港啲好……好「挷脷」嘅……可？我……我都係返……返省城略！不……不過今……今晚點……點呢？有冇平……平……
陶花痯	(向馬)你等等先！(掏傳單)
莫潔貞	(低聲)我哋去邊呀？
陶花痯	(示莫傳單)「禧春酒店 —— 澳門提督二馬路廿二號」！
馬衡畂	(會錯意) 哦！唔……唔該！澳……澳門酒店平……平啲嘅！寫……寫低先！(記下地址)扯……扯喇女！(陶全沒在意)

27. 同上、苦力

四苦力上（原著由懷領上）、抬槓、崔上。

四女	再見陶生！再見陶太！再見戴太！
崔銀嬌	「好行夾唔送」嘛！我都趕住出街呀！(下)
馬衡畂	再……再見戴……戴太！(向陶)一……一於去嗰……嗰庶喇！
陶花痯	邊庶？
馬衡畂	酒……酒……店囉！
陶花痯	(不經意)「走」嗱，「走」就「掂」囉！
馬衡畂	「請(音千)吖了(音liao)」！(粵劇式領四女下，苦力抬篋下)

第十場

28. 陶花鈿、莫潔貞、崔銀嬌、懷春

陶花鈿　　啊！潔貞！我幾咁開⋯⋯開⋯⋯

莫潔貞　　正經啦！

陶花鈿　　你老公走咗？

莫潔貞　　唔出聲嬲爆爆行人囉！（憤然）睇住嚟！

陶花鈿　　剩低我同你⋯⋯

莫潔貞　　你同我⋯⋯

陶花鈿　　我老婆返鄉下、你老公過埠，我哋就去搭火船⋯⋯「西餐樓」
　　　　　⋯⋯過澳門，你話爽唔爽？

莫潔貞　　學你話齊，我「從容就義」咋！

陶花鈿　　十點三個骨，省港澳碼頭吓！

莫潔貞　　我去執嘢先⋯⋯搵頂帽遮掩吓⋯⋯

崔領懷上，懷捧有蓋大兜。

崔銀嬌　　你返過去嘑？

莫潔貞　　係呀！我有啲「頭赤」！

崔銀嬌　　上床伸吓啦！

陶花鈿　　（自語）我奉陪！

莫下。

29. 陶花珺、崔銀嬌、懷春

崔銀嬌　　懷春！

陶花珺　　(見盤)咩嚟㗎？

崔銀嬌　　你餐晏晝囉！懷春告假吖嗎！

陶花珺　　(揭蓋)我餐晏晝？

崔銀嬌　　虐待你咩？食過世都願啦！懷春！(指門外，懷下)

30. 陶花珺、崔銀嬌、苦力、懷春

陶花珺　　我諗我都係唔响企食嘞，你去大姨度一日一夜……我一支公
　　　　　……不如上茶樓……

崔銀嬌　　……「飲花酒」嗻，可？你就想喇！唔准！

陶花珺　　有乜唔好啫？

崔銀嬌　　第一，你係有婦之夫，屋企有飯開，出街食失禮我！

陶花珺　　點會啫？

崔銀嬌　　第二，茶樓有女招待……你慌你唔會去到石塘咀嚟咩？

陶花珺　　你立亂估人嘅！

崔銀嬌　　第三，老娘早有準備！人嚟！

四苦力(現在是外賣伙記)魚貫捧四兜連蓋上，懷捧暖壺或湯格上。

崔銀嬌　　嘩！食到聽晚夠有凸啦！專登响「安樂園」叫俾你㗎！

陶花珺　　(逐一揭蓋)吓？「通心粉」！「實心粉」！「蜆殼粉」！「桂花
　　　　　粉」！……

四苦力及懷持蓋下。

崔銀嬌　　開個暖壺加湯就食得嘅喇！

陶花駬　　你當我「三歲細路仔」呀？一個人困（音won去聲）响屋企「食飯仔」？我幾大都要出街食！（頓地）

崔銀嬌　　一於唔准！

陶花駬　　一於要去！

崔銀嬌　　唔准去！

陶花駬　　去！去！

崔銀嬌　　去吖嗱！鎖住你！睇你點去！（拔門上匙）

陶花駬　　俾返我！（欲奪匙）

崔銀嬌　　你蹣開！（推開之）

陶花駬　　俾條匙我！

崔銀嬌　　唔俾！

陶花駬　　俾！

崔銀嬌　　膝頭對上就「髀」！（隨手取雞毛掃打陶腿）「髀」吖嗱！「髀」吖嗱！（陶退避，崔出門）

陶花駬　　放我出去呀！

崔銀嬌　　（鎖大門下栓）乖乖地踎响企啦陶生！聽晚見！

崔下。

陶花駬　　（大嚷）銀嬌！銀嬌！……懷春！懷春！

懷春　　　（一直在大門外竊聽）有乜吩咐呀大少？

陶花駬　　開門放我出嚟！

懷春　　唔好意思呀大少！我有鎖匙嘅！

陶花珺　　條「士啤」匙呢？邊庶呀？

懷春　　少奶有吩咐我唔話得你知㗎大少！

陶花珺　　你……豈有此理！

懷春　　大少！我夠鐘送星少返學堂喇！你哃吓啦，我走喇！

懷下。

31. 陶花珺

陶花珺　　條「士啤」匙喺邊呢？……（推門）落埋「戍」嘞！火燭起上嚟點算呀？（大嚷）火燭呀！……火燭？……呀！有嘞！我依個承建商真係英明！澳門見！

往「防火用品」箱取繩梯掛窗外，回臥室更上衣，持篋往爬梯，邊跨窗邊唱*Tea For Two*另一段：

陶花珺　　"Nobody near us to see us or hear us
　　　　　　No friends or relations on weekend vacations…"

幕下

換景的同時——

場景自香港陶宅轉換至澳門禧春酒店；汽笛聲中象徵式表現火船旅程由港赴澳。台前歌舞女郎由台左起舞上，舞向台右，台右後台伸出高大帥軍服之手，向女郎招手，最後執女郎之手扯她進右後台而下，轉景時第二幕眾演員唱 *To Macau*，換景完畢。

第二幕

澳門禧春酒店

全台分三部份。台左部份為一房間內景透視。左前有小桌靠牆，上覆褪色桌布，置燭台花瓶插人造花及酒精燈等，房後牆有門通浴室，門旁角位有衣櫃，櫃身側面新髹深棕色漆，掛「油漆未乾」牌。後部有大床，上有床冚被鋪，頂上掛鈎懸帳。床頭枱上有水瓶、水杯及糖盅。右前有房門通走廊，門向房內及台後方向開。房前部有籐椅。牆上有鐘。

台中部份為二樓走廊連梯間，其左前上述房門頂上牆髹「10」字。其後部一邊為下樓梯級，一邊可見梯級上樓上至不見為止，兩梯之間為升降機，梯位一旁台後部向正觀眾有另一房門，上髹「9」字。台左前，梯與左房門之間牆上有嵌板，上有號數鈎懸門匙，下為小櫃枱有抽屜，枱上有燭包及燭台，枱前有椅。櫃枱右前有房門，上髹「11」字。門向房內及台後開，櫃枱旁懸酒店招牌：「禧春酒店」(「￢」符號乃某住客用筆加上者)。

第三部份為台右11號大房，宿舍式，房左房門與台前之間有小床靠牆(鐵床或帆布床)，上懸小鏡，床前有椅。對面枱前另二小床靠牆，第二床後有門通浴室，再後角位有窗。下為第四張小床靠牆。房後右方向觀眾，有門通另一浴室，門向浴室內開。門與床間有椅。房後部左方有大木床懸帳如 10 號房，床頭右方有椅及床頭枱。房中央左右床之間有小圓枱，覆枱布。上有燭台、酒精燈。

酒店明顯屬五流而破舊，牆紙/皮污髒剝落，左右兩房門可鎖，10號房門可下栓。時為星期六晚八時半。幕啟時左右兩房內全黑，走廊、梯間及升降機有電燈照明。

第一場

---

32. 阿利孖打

阿利孖打　春宵一刻，仲唔入房！

阿利孖打 —— 葡人，酒店總管，衣金鈕bell boy式制服 —— 獨坐走廊櫃枱，從燭包取燭。

阿利孖打　嗱！……一支蠟燭……加……一支蠟燭……（折之）共成四支蠟燭！……咪當嘢少嘢……我响禧春酒店做總管……十五年咁長，淨係拗開嘅蠟燭就慳埋成六百銀喇！……鬼咩！周時停電，冇蠟燭點掂？呢，睇吓今晚停幾多次！

33. 阿利孖打、朱錦春

朱錦春 —— 鄉下妹，大襟衫褲，有鄉音 —— 奔下梯上。

朱錦春　　阿媽生！阿媽生！嚇死我咯！

阿利孖打　係人都有「阿媽生」，之我個名係「阿利孖打Almada」！整乜鬼？

朱錦春　　阿媽打生！唔關我事㗎！……我照足你教嘅……敲咗門先……

阿利孖打　你講乜啫？

朱錦春　　……32號房揼鐘囉……我敲門……裡頭話：「入嚟」……我一入去……見倒個女人……你估點㗎？

阿利孖打　（緊張地）點㗎？

朱錦春　「光脱脱」㗎！

阿利孖打　(不感興趣)哼！好奇咩？

朱錦春　「光脱脱」嘅女人嘛！

阿利孖打　好平常啫！

朱錦春　佢仲話：「伙記，攞副天九俾我！」……你係我會點做吖？

阿利孖打　攞副天九俾佢囉！

朱錦春　冇着衫嘛！

阿利孖打　「光脱脱」梗係冇着衫啦！

朱錦春　你當平常呀？

阿利孖打　响酒店有女人「光脱脱」，係好平常吖！

朱錦春　我鄉下唔准㗎……會「浸豬籠」㗎！

阿利孖打　朱錦春小妹妹！你頭一日响鄉下出嚟返工啫，做得兩個禮拜，你就慣晒，見怪不怪！喱度係「梳打埠」、唔係「華界」！……咦？我俾咗套制服你略！

朱錦春　好「巢」……要熨……(仍未定神)

阿利孖打　嗱，今勻你去敲9號房門啦！

朱錦春　9號？阿媽打生……喱個會唔會……冇衫着㗎？

阿利孖打　樓鶯啊隻「老鴨殼」？就算剝清呀，盞人哋叫佢着返啫……唔係使乜轉行做問醒(音seng)婆吖？！……佢欠咗好耐租，我要扣留佢啲行李，抨(上平聲)佢扯！……你去抨佢啦！

朱錦春　我？

阿利孖打　仲有第個伙計咩？

朱錦春　個問醒婆好「振雞」嘅……

阿利孖打　以前係「雞」吖嗎……

朱錦春　　成日話要攞刀斬甩人個頭！

阿利孖打　佢「死剩把口」啫！

朱錦春　　若果真係斬我呢？

阿利孖打　斬咗你咪返嚟報告我知囉！……去啦！……(低聲)豬咁蠢！

朱錦春　　好啦，阿媽打生！……(往9號門前)我响石岐(音key)都唔做慣
　　　　　啲嘅嘅嘢嘅！……

第二場

---

34. 同上

朱拍門。

樓鶯	（外場）（大喊）拍乜鬼啫？有嘢就躪入嚟嗰啦！
朱錦春	我情願返上去搵「光脫脫」嗰個咯！（進房下）

35. 阿利孖打、歌舞女郎、高大帥

阿利孖打　「大鄉里出城」！……到佢學我噉，响酒店做咗十五年，包佢練到面皮厚過砧板！（樓下開門鈴聲或見升降機燈光）呀！（堂倌式）「有客到」！

高大帥 ── 落難軍閥，衣軍服佩劍勳章，滿身銅臭 ── 攜歌舞女郎 ── 賭場表演洋妞、衣性感兩截（或低胸露腿）舞衣而罩披風 ── 自升降機上。

女郎	Boy!
阿利孖打	Sim, senhora! Boa tarde! What can I do for senhora and senhor?
女郎	Boy! Have you…by any chance…
阿利孖打	Of course we have, senhora! I can guess what senhora is looking for: A charming little love nest where senhor and senhora can snuggle down and no questions asked. Senhor is a lucky man to have so beautiful a senhora!

女郎　　　　（Pleased）Well, I hope he（points to the General）appreciates it too!

高大帥　　　（山東音）「他奶奶的」！（廣州音——「俺」字除外）你同「俺」講句唐話得唔得？你知「俺」係邊個冇？

阿利孖打　　知！知！……你係邊位呀？

高大帥　　　「俺」係高大帥、舊年仲係佛山督軍！「他奶奶的」革命軍……

阿利孖打　　大帥你明明係廣東佬，乜間中攝句……嗷……

高大帥　　　「俺」北方啲行家興嘛：「他奶奶的」！噉至似軍閥嘛！

女郎　　　　（Simultaneously）What's he saying?

高大帥　　　（同時）個番鬼婆噏乜呀？

阿利孖打　　（向高）佢問有冇房喎！
　　　　　　（向女郎）He said he's a General!

女郎　　　　Well, tell'im I'm the star of the casino cabaret and...Being a "General" he should be"generous"!

阿利孖打　　（向高）佢叫你打賞多啲俾「我」喎！

高大帥　　　得！你話佢知：佢識做就人人有「打賞」、唔係就人人要「打靶」！

阿利孖打　　（向女郎）He said you should pay me a commission as he's do!

女郎　　　　We'll see! What about that room?

阿利孖打　　Sim, senhora! I recommend number 22.

女郎　　　　（Draws invisible number in the air with finger）22? Like two fat geese?

阿利孖打　　But we'll put senhora in there with one fat geese...goose.

女郎　　　　（Chuckle）Oh, you naughty li'l Portuguese...（Portu）Goose...I mean, Portugander!

高大帥	「他奶奶的」，咁多「笑」唔怪得冇得「賣」囉！
阿利孖打	哦，大帥！我介紹緊22號房俾兩位……即係以前……俄國公主同佢個大總管大婚……就响依度洞房嗰間囉！
高大帥	俄國公主？嘩！好貴租定啦！
阿利孖打	高大「衰」……「帥」……你唔志在啫！
高大帥	「他奶奶的」！「俺」幾辛苦刮埋啲金、幾辛苦至避甩啲革命軍、帶倒出嚟！「唔志在」就假！(外場吵鬧聲)吓？革命軍？殺到嚟？
阿利孖打	冇！有個客……搬出咗！(向女郎)Nothing! Nothing!

36. 同上、朱錦春、樓鶯

朱自9號房奔上。

朱錦春	救命呀！佢真係要斬甩我個頭呀！……話你又唔信！……佢話冇行李佢唔肯扯喎！
阿利孖打	唔肯扯？「睇嚟揍」啦！(大呼)樓鶯！樓鶯！出嚟嚹吓！

樓鶯自9號房上，立門前 —— 樓鶯，潑辣叉腰，衫褲，額縛髮帶。

樓鶯	葡萄牙佬！你想點？
阿利孖打	你睇倒啦：喱條係樓梯，請你高抬貴腿，落樓，出門口，即刻走！
樓鶯	唔俾返行李我唔走！
阿利孖打	找清數尾嗰陣就俾返你！
樓鶯	好！你不仁，我不義！差館裡頭我大把舊客仔！唔見差人你唔流眼淚！

高大帥	（同時）差人！
女郎	（Simultaneously）The police!
樓鶯	冇錯！去差館告你一狀！（向高）爆晒佢哋啲「臭史」出嚟！（向女郎）蒲喱時（police）！
高大帥	（同時）吓！
女郎	（Simultaneously）What?
阿利孖打	好收聲喇！你好「馨香」咩？過氣「啄（音durn）地」！
樓鶯	我同你講咩？唔知醜！我同喱位「腥」講！酒店喎！阿「腥」，「黑店」嚟㗎，殘到「冧」（去聲）得㗎喇……又有木蝨！（向女郎）飛喱時（fleas）！
高大帥	（同時）木蝨！
女郎	（Simultaneously）Fleas!
阿利孖打	你亂車！……咪信佢……我日日糝木蝨粉！……（向女郎）Flea powder！……
樓鶯	木蝨粉？濁死人客、食肥木蝨囉！……仲有呀！啲房邊嗰人住吖……有鬼㗎！（向女郎）高時（ghosts）！
女郎	Ghosts! Oh!
高大帥	我最怕鬼㗎！我……「俺」殺過咁多人……唔通追到嚟依度？……
阿利孖打	唱夠未？你再唱我，我唱返你以前「企街」……
樓鶯	（不理阿，仍向高用恐怖片聲調）就係喱間：11號房！晚晚有鬼喊，鬼叫，鬼打鬼……五鬼運傢俬，搞到佢哋將間房做咗伙記宿舍……依家連伙記都唔肯入去瞓！
女郎	What's all this?
阿利孖打	All lies!「車大炮」！

樓鶯	冇冤枉你！冇鬼你使乜响香港請個專家嚟查吖？你敢話冇？
高大帥	「他奶奶的」！伙記！22號房留返你「出殯」啦！(轉身)
阿利孖打	大帥！咪走住啦！
高大帥	唔走有鬼咯！(向女郎)走啦，鬼婆！「番」鬼「俺」唔驚……「真」鬼喎！我好驚呀！
女郎	What's going on?
高大帥	「撤退」！

高挽女郎按升降機。

阿利孖打	大帥！Senhora！……(向樓)你心涼啦！
樓鶯	未夠喉咋！你等住差人嚟「冚檔」啦！……睇你點死法！……(向朱)睇埋你點死法！

升降機到，高與女郎進升降機，樓跟進，升降機開始下降，至僅見三人上半身時，燈光閃幾下，全黑 —— 停電數秒，機內三人驚呼，燈亮後，機續下降。

37. 阿利孖打、朱錦春

阿利孖打	(目睹樓等狼狽狀)抵死！問醒婆！去第度俾人抨啦！
朱錦春	佢趕扯咗兩個貴客�！
阿利孖打	「貴客」！嘔飯呀！……老實講，我都想睇吓佢兩個入咗房，雞同鴨講，做得出乜嘢「勾當」！
朱錦春	你怕睇唔倒啩？
阿利孖打	點解？

朱錦春　　人哋怕唔肯請埋你入房呢！

阿利孖打　「豬咁蠢」！佢唔請我入房一樣有得睇！

朱錦春　　點睇呀？

阿利孖打　點睇？話(上聲)你識得嘢少！(開抽屜取出鑽)知唔知係乜？

朱錦春　　鑽囉，愛㗎鑽窿嘅！

阿利孖打　係囉！……我睇中邊個……(轉動鑽柄)就响「埲」牆鑽個窿「裝」吓佢！……

朱錦春　　唔係呀嗎？

阿利孖打　真㗎！幾多靚女人……都俾我見清！(鈴聲)又有客到？

第三場

---

38. 同上、戴年業

戴挽篋自升降機上，戴氈帽。

戴年業　伙記！……總管响度嗎？

阿利孖打　响度，阿生！……先生聽(音ting去聲)人個可？……我知你
　　　　有乜需要嘅；一間舒適嘅「小愛巢」、等你同你位佳人「靜局」
　　　　吓……

戴年業　唔該先嘞！我冇聽人，你聽緊我就真！我係戴年業則師，係澳
　　　　門法院請嚟嘅專家！

阿利孖打　係嘞阿生！……查鬼個可？認真猛㗎先生！……(召人鈴響)有
　　　　客撳鐘！……朱錦春，快手！上去睇吓！……

朱乘升降機上樓下。

---

39. 阿利孖打、戴年業

阿利孖打　真㗎戴生，晚晚「we嘩鬼叫」好得人驚㗎！整裂牆皮！枱櫈亂
　　　　飛！……

戴年業　得嘞得嘞！我自己查，你唔使「解畫」，間房喺邊？

阿利孖打　(指11號房)就係喱間，先生你等陣，我點支洋燭先！(燃燭)

戴年業　夠晒氣氛嘵，入得去未？

二人持燭進11號房。

阿利孖打　喏，阿生，喱間房你瞓埋我份嘞！冇燈㗎！

戴年業　　鬼屋嚟講喱間都算靜局吖！

阿利孖打　依個鐘數就靜局嘅！

戴年業　　(慣性作其幽默狀)「鬼」咁靜可！

阿利孖打　到咗半夜，熄晒燈嗰陣，就「鬼」反咯！

戴年業　　(仍力作幽默)「鬼殺咁嘈」呀？乜唔係「電燈着」至「鬼搣腳」
　　　　　　咩？哈哈……

阿利孖打　專家先生！依家你就笑得落！驚你遲啲笑唔出啫！

樓上傳來音樂聲，唱片奏*Swanee*，男女隨而喧鬧歌唱：

眾　　　　(外場)" 'Macao', How I love ya, how I love ya, My dear old
　　　　　 'Macao'! I'd give the world to be among the folks in
　　　　　 M-A-C-A-O…"
　　　　　(大笑)哈哈哈哈……

戴年業　　你錯喇！啲鬼大佬提早駕到啫！幾好唱口吖！

阿利孖打　唔係，專案先生！係「賊船」班「巡場」今晚休息、同班「女打荷
　　　　　　(上聲)」响庶開party，搞到「烏煙瘴氣」！……啲後生好「冇品」
　　　　　　嘅！我上去嗌佢哋收聲！(出房外走向梯間)

戴年業　　(開篋取出各物放桌上)去啦！……睇吓先：雪茄、梳……

阿利孖打　(向樓上嚷)喂！嘈夠未？好收聲啦！

眾　　　　(外場)你收聲吧啦！「葡國雞」！

阿利孖打　叫我收聲？……夠膽就咪走！等我上嚟掌你個嘴！……

40. 阿利孖打、陶花塸、莫潔貞、戴年業

陶挽篋自升降機上，莫隨後，戴大帽。

陶花塸　　Boy！唔該……

阿利孖打　等陣阿生！「一息間」就返嚟！(上樓下)

陶花塸　　(口唞未燃雪茄)「一息間就返嚟」喎！……喱間酒店幾靜局可！……

莫潔貞　　(慌張四顧)「唫耷」就真！……你點揾到呢庶㗎？

陶花塸　　外型係唔多「夠照」！不過啱晒我哋吖。去大酒店好易撞倒熟人㗎！之响喱度都撞倒熟人呢，就認真運滯至會啫！

莫潔貞　　噉又係！

戴年業　　(在房內)乞 —— 嗤！(/戴打破水杯，陶：「落地開花，富貴榮華！」)

陶花塸　　「大吉利是」！

戴年業　　唔該！

陶花塸　　好話！(向莫)講返酒店，有乜所謂吖？……最緊要我同你喺埋一齊享受吓……(變色)唔！一「梆」廁所「除」……

41. 同上

戴持燭進浴室，其房全黑。

阿復上。

陶花塸　　呀！個boy嚟嘞！

阿利孖打　有乜關照阿生？……我知你有乜需要：一個舒適嘅「小愛巢」，等你同喱位佳人「靜局」吓！……真係「絕色佳人」阿生，有眼光！

陶花琿　　　咪亂噏啦，喱位係我太太！

阿利孖打　　唔係！

陶花琿　　　係！

阿利孖打　　唔係！

陶花琿　　　係！

阿利孖打　　唔係哩！先生拎行李嘅！

陶花琿　　　(向觀眾)「睇相佬」嚟嘅！(向阿)喱層有冇房呀？

阿利孖打　　有！10號房啦⋯⋯即係以前俄國公主同佢個大總管大婚，响
　　　　　　小店度洞房嗰間呢！

陶花琿　　　正吖！(向莫)你聽吓：俄國公主個洞房喎⋯⋯依度係做上客㗎！

阿利孖打　　隨便睇吓阿生！(引二人進10號房)幾「企理」！⋯⋯有埋沖涼房
　　　　　　⋯⋯好方便㗎！

陶花琿　　　好極！⋯⋯我就要喱間啦！⋯⋯

阿利孖打　　多謝晒！(出櫃枱取燭再進室)

陶花琿　　　(不知阿在)潔貞！

莫潔貞　　　喺！伙記响度呀！

陶花琿　　　呀！⋯⋯(三人皆窘)好，伙記，我要咗喱間房！⋯⋯

阿不欲離開。

陶花琿　　　(趕阿走)行啦，行啦。

阿離開。

陶花琿　　　(欲抱)潔貞！

阿突然持燭入房。

阿利孖打　係！(插燭台)預防停電啫！……早啲喇先生、太太！「唔阻你
　　　　　　哋休息啦！」

陶花琿　　唔該晒！(阿出室)潔貞呀！

阿利孖打　(復進)門匙阿生！……(陶被迫打賞小費)唔阻你嘞！真係唔阻
　　　　　　你休息嘞！(出室)

戴自浴室出，持燭台出房外，11號房全黑。

阿利孖打　專家先生走嚊？

戴年業　　出去行吓至瞓囉！……過隔籬間bar飲杯啤酒……半個鐘頭就返
　　　　　　嘞！

阿利孖打　好呀，我攞定蠟燭响櫃位拜……俾你吓。

戴乘升降機下。

阿沿梯上樓下。

陶燃雪茄。

第四場 A

___

42. 陶花㻬、莫潔貞

陶花㻬　　（口中雪茄已燃）潔貞！

莫潔貞　　（囁嚅）陶生！（脫帽置桌上）

陶花㻬　　仲「陶生」！⋯⋯由而家起，唔好再叫「陶生」⋯⋯叫我「花㻬哥」！

莫潔貞　　好啦⋯⋯（退避）花㻬哥！

陶花㻬　　（緊追）係囉！「桃花運」！⋯⋯呀！潔貞！「時辰已到」、有仇就報！⋯⋯潔貞，投我懷抱！⋯⋯（欲擁莫）

莫潔貞　　因住呀！你支「呂宋煙」差啲燒着我呀！

陶花㻬　　哦，等陣！⋯⋯（移雪茄往口角）潔貞！「艾甩符you」！

莫潔貞　　（擋之）咪啦！你噴到我「一頭煙」喇！

陶花㻬　　哦！對唔住！

莫潔貞　　你唔食唔得咩？

陶花㻬　　頭先坐火船响西餐樓度叫嘅、成四個仙㗎，幾大都食到落尾！

莫潔貞　　（慍）哦！四個仙支煙仲緊要過我！

陶花㻬　　你嗒！講「心」就唔好講「金」！（往煙灰缸捺熄雪茄）你仲「鬼火咁靚」喺！

莫潔貞　　我件衫呢？你話靚唔靚？

陶花㻬　　你着乜嘢衫、着唔着衫，都咁靚！

莫潔貞　　正經啦，陶生！……今朝裁縫正話送到嘅咋……今晚頭一次就着俾你睇咯！

陶花琿　　啊！件衫鬼得閒理咩？對住粒「火鑽」，點得閒睇個盒吖！潔貞！我淨係見倒你！我見唔倒你件衫！……喺我眼中，你係冇衫嘅！我要你！我要你！（欲擁莫）

莫潔貞　　哎吔！前世！……你撞咗邪咩陶生！……花琿哥！咪噉啦！

陶花琿　　（擁莫）我講你知：我要你！我要你！

莫潔貞　　（推拒）你做乜嘢？……我都未見過你噉嘅！……咪咁冤氣啦！陶生！花琿哥……梗係你飲酒上咗頭嘞！……

陶花琿　　話知佢乜嘢上頭吖！……係你！……正話同我一齊搭火船，响個海上便「浪」（上聲）吓「浪」吓……係西餐樓個晚餐！啲「紅砵」！啲咖啡！啲呂宋煙！……呀！我老婆唔准我食煙、唔准我飲酒，話傷身喎！……哐！你睇我有冇傷到身！……

　　　　　　（唱 *Always*）"I'll be loving you always, with a love that's true always..."

　　　　　　（抱莫坐椅上，椅毀，陶跌坐地上，莫抽身立起）哎吔吔！……衰櫈……病櫈！

莫潔貞　　（大笑）你個樣好好笑呀！

陶花琿　　（向觀眾）發瘟櫈，遲唔冧早唔冧，累我「失禮於美人」！

莫潔貞　　你冇跌親吖嗎？

陶花琿　　我？……冇！……我專登嘅！冚你開心囉！……衰櫈！俾得一張我！……起碼都俾張「實淨」啲吖！（取破椅丟門外）掉你出去！（向觀眾）頭先講到邊度？（又張臂向莫）潔貞！

莫潔貞　　（退至衣櫃旁）嘻嘻！最衰你睇唔倒自己個樣！……

陶花琿　　（追近，險撞油漆未乾之櫃側）「油漆未乾」？幾乎領嘢……咪走啦潔貞！

莫潔貞	(仍難忍笑)你咁……矮！咁「細粒」！
陶花璭	好好笑咩？
莫潔貞	(取帕掩嘴)係嘅！對唔住，我唔笑嘞！
陶花璭	(又擁之)呀！我嘅潔貞呀！

43. 陶花璭、莫潔貞、朱錦春

朱自升降機上，見走廊地上破椅。

朱錦春	咦！10號房張櫈……乜扚响度㗎？(進10號房，見陶、莫相擁)噢！
陶花璭、 莫潔貞	(立刻分開)噢！
朱錦春	對唔住阿生！我唔知喱間房租出咗！……我擔返張櫈入嚟咋！……
陶花璭	(大怒)唔要呀！唔要呀！喱張衰櫈仲害我唔夠呀？擔返出去！
朱錦春	不過……阿生……張櫈係喱間房嘅嘛！……
陶花璭	走呀！走呀！連人帶櫈出去呀！(推朱出，關房門)激死人！
朱錦春	個女人幾靚嘛！……同個神經佬响度做乜呢？……「裝」吓佢…… 有乜所謂啫？……個鑽呢？……响度！(取櫃枱上鑽)
阿利孖打	(外場)朱錦春！朱錦春！
朱錦春	嚟喇！嚟喇！(放下鑽，下)

44. 陶花璭、莫潔貞

| 陶花璭 | 張衰櫈……搞到我……咦！唔多妥！ |
| 莫潔貞 | 你做咩呀？ |

陶花瑋	唔知呢！我額頭猛標冷汗！⋯⋯激親啫！⋯⋯一陣就冇嘢！⋯⋯呀！潔貞！卒之剩返我同你兩個！若果你睇得穿我裡頭對你點！我個心⋯⋯我個心！？哎吔，死喇！⋯⋯嚇啪嚇啪噉跳嘅⋯⋯我個心！
莫潔貞	乜你面都青晒嘅！陶生！花瑋哥！你見點呀？
陶花瑋	我好唔自在呀！⋯⋯哎吔！好唔妥！
莫潔貞	坐低先啦，坐低啦！
陶花瑋	坐邊喎？⋯⋯都冇櫈！
莫潔貞	坐住床先啦！
陶花瑋	(坐桌)潔貞呀！⋯⋯唔好意思，啱啱「好事近」就⋯⋯咁論盡⋯⋯一陣冇嘢嘅嘞！⋯⋯哎吔吔！哎吔吔！
莫潔貞	你頂多陣，我斟杯水俾你！(往床頭枱倒杯水加糖搖匀)
陶花瑋	係支呂宋煙，唔使審！呂宋煙⋯⋯冇事嘅⋯⋯同埋啲「紅砵」⋯⋯我平時飲普洱嘅咋！煙酒過多！⋯⋯哎吔吔！哎吔吔！
莫潔貞	睇見你就心酸！(遞水)
陶花瑋	(呷水)我老婆又唔响度照顧我，鞋！(立起)
莫潔貞	(放回水杯)你坐定啦！
陶花瑋	唔得呀！我要行吓！要出去唞唞氣！
莫潔貞	我扶你吖！
陶花瑋	唔使！我自己！自己去嗓唞「生風」！⋯⋯我唞唔倒氣呀！⋯⋯
莫潔貞	除咗件上衫啦！
陶花瑋	(如言)好，好！⋯⋯哎吔吔！
莫潔貞	咪咁「蛇guair」啦！
陶花瑋	鞋！潔貞，我估我會死响喱度咯！⋯⋯
莫潔貞	唔得㗎！你唔死得响喱度㗎！(以帕濕水為他覆額)

第四場 B

45. 陶花珺、莫潔貞、朱錦春

朱復上，取鑽。

朱錦春　　使死咩？阿媽打生話齋：「好平常啫！」佢周時做慣嘅！（挨10
　　　　　號房外牆）邊度好呢？呀！喱度似乎「脧pat pat（上聲）」噃！（開
　　　　　始鑽牆）响喱度⋯⋯開個罅⋯⋯冇人知嘅！

陶花珺　　（靠牆立）唔該晒你！

朱錦春　　响喱度⋯⋯開個罅⋯⋯冇人知嘅！

莫潔貞　　好啲嗎？

陶花珺　　些少啦！

朱錦春　　仲「脧」過腐乳，穿晒！

陶花珺　　（驚恐）咦咦咦！乜嘢㗎？

莫潔貞　　做咩呀？

陶花珺　　唔知呢⋯⋯我「後欄（上平聲）」⋯⋯後背⋯⋯痛痛地嘅！

莫潔貞　　嗽咪好囉，即係啲血行返落低囉！

陶花珺　　（大叫）嘩！

莫潔貞　　整咩啫？

陶花珺　　哎吔吔！哎吔吔！（跳離牆、手掩臀）

朱錦春　　（抽鑽）搞掂！

陶花珺　　哎吔吔！哎吔吔！⋯⋯

莫潔貞　　你見點啫？

陶花琿　　我都唔知，好似有人搵嘢篤我個……

莫潔貞　　背脊？

陶花琿　　……低啲！

莫潔貞　　死咯！似係中風嘑！

朱錦春　　（審視鑽頭）濕嘅？仲紅色噃！……啲磚頭「發毛（上平聲）」呀……

莫潔貞　　不如我去搵醫生吖！

陶花琿　　唔使，我要唞唞氣！……（取莫帽作扇撥）飲杯熱茶！

朱錦春　　（四肢爬地窺牆洞）「裝」一「裝」先！

陶花琿　　個伙記呢？（開房門，見朱狀）哈！你响度搞乜鬼？

朱錦春　　死嘞！哎……我好似聽倒你叫人，咪貼隻耳仔埋牆聽真吓囉！

陶花琿　　有冇騎樓，天「棚」之類呀？……我要嗦嗦氣！

朱錦春　　騎樓？有！上一層樓，冷巷尾轉右！

陶花琿　　好彩！

莫潔貞　　（立門口，向朱）唔該你攞個熱水袋俾喱位先生噃吖！

陶花琿　　好呀好呀！熱水袋！你等我咯噃！

莫潔貞　　好！

陶花琿　　唉！「春宵一刻」！……真係論盡！（仍持莫帽上樓）

46. 莫潔貞、朱錦春

莫潔貞　　真係慘咯！（向朱）快啲攞壺茶嚟啦！

朱錦春　　我哋冇沖茶喫！……呀！等陣！阿媽打生「私伙」嘅西洋紅茶就有……我去攞嚟！（下）

莫潔貞　　唉！今晚真係多災多難咯！

朱錦春　　（復上、捧茶具）嚟喇太太！⋯⋯全副「架撐」齊晒！（與莫進10號房）

莫潔貞　　好，擺低啦！

朱錦春　　（放茶具於桌）係，太太！

莫潔貞　　係呢，你估嗰位先生出騎樓會唔會冷親呢？

朱錦春　　（燃火酒燈）唔會！好暖吖！⋯⋯唔似得今朝落大雨咁涼，家下好好月色嘅！「人月團圓」可？（開始煲水）

第五場A

47. 同上、馬衡畋、四女

馬與四女攜包袱乘升降機上。

馬衡畋　出啦女，好迫呀！

四女　　你出先啦爹！

馬衡畋　(口若懸河地)鞋！一味得個「迫」字，頭先搭火船，坐大艙已經夠晒迫啦！嚟到澳門，五仔爺坐一架三輪車(/坐街坊車[巴士])再迫過，家下入到嚟酒店搭「軪」(音lib)都要迫一餐嘅！伙記呢？乜伙記都冇個㗎？

馬春蘭　爹呀！聽你講嘢就知道停咗雨啦！(帶批評語氣)

馬衡畋　好明啦！不過我唔明老陶點解介紹間嘅嘅酒店……不過算啦，係嘅意屈一晚啦……無謂嗌氣抬啲槓上嚟嘞！聽朝再搵個第度咯！

馬夏荷　好呀！我鍾意住靚酒店！(語氣中)

馬秋菊　我都鍾意！(語氣大)

馬冬梅　我都係啫！(語氣最大)

莫潔貞　(水沸熄火)得嘞！你去攞熱水袋啦！

朱錦春　係，太太！(出房外)咁靚嘅女人，陪住個「病君」！

莫進浴室。

48. 同上

馬衡畋　　呀！伙記！

朱錦春　　嘩！整乜傢伙？「豬仔船」埋呀？

馬衡畋　　伙記，我哋係陶花琿生介紹嚟嘅！

朱錦春　　陶花琿生？……哦！……(自語)「識佢係老鼠」！

馬衡畋　　有冇房俾我同我啲女住呀？

朱錦春　　「冚唪呤」係你女呀？(自語)豬公嚟嘅！咁大寶！

馬衡畋　　點呀，有冇房呀？

朱錦春　　(看匙板)咁多人，都怕冇……(自語)呀！……有嘞！……間鬼房……成世都租唔出！(向馬)先生，你「唔拘唔論」嘅呢，就有一間！

馬衡畋　　帶我睇睇囉！

朱錦春　　(持燭引入11號)喱間呀生！好闊落㗎！

馬衡畋　　「集中營」噉嘅！

朱錦春　　咪咁「奄尖」啦生，你有四個女吖嗎……喱度啱啱五張床！

馬衡畋　　我點方便同啲女一齊瞓㗎？！

朱錦春　　先生你上床先，落埋堂帳，啲大姐仔至上嗰張床咪得囉！……仲有兩間沖涼房至好啦！(示浴室)

馬衡畋　　冇法啦，「士急馬行田」！(取過燭台)

朱錦春　　將就吓啦！(快手換上短燭)

馬衡畋　　噉計幾銀呀？

朱錦春　　噉嘅情形呢，又係阿乜生介紹咯喎(音禾)……計你兩蚊鹹龍一日，乜都包晒啦！

馬衡畋　　都幾公道！

莫自浴室上。

莫潔貞　　陶花琿去咗咁耐，整乜鬼啫？

49. 同上

馬衡畋　　好啦伙記！我哋要咗呢間房啦！……（放燭台於桌上，戴之雪茄
　　　　　盒旁）

朱錦春　　好！早唞阿生！早唞各位大姑娘！

四女　　　早唞伙記！（朱出室回櫃枱）

莫潔貞　　唔通佢又試發作？……我真係擔心！（走向房門開門）

馬衡畋　　攞多支洋燭俾阿女佢哋先！（走往房門開門）

四女在房中安置枕頭。

莫潔貞、
　　　　　（同時）伙記！……
馬衡畋

停電，走廊燈全黑（燈光閃閃）。

第五場 B

50. 同上

朱燃亮燭，燭光中莫、馬面上驚奇表情，以下對答中，朱進11號房為四女燃一燭。

莫潔貞　　馬衡畋生！

馬衡畋　　我記得喇！戴太係嗎？

莫潔貞　　（急起身）唔係！唔係！⋯⋯咴⋯⋯「之唔係」⋯⋯我囉！

馬衡畋　　我响陶花塸庶「幸會」過你嘅呢！

莫潔貞　　我⋯⋯我「有幸」就真！

朱錦春　　（自11號出走廊）（下去拿熱水）哈！佢兩個識得喎！

馬衡畋　　「相請不如偶遇」！（喊）女呀！

莫潔貞　　馬生，唔使叫佢哋！⋯⋯

馬衡畋　　要嘅！⋯⋯嚟啦女呀！戴太呀！係戴太呀！

莫潔貞　　死咯！佢係喺大嗌我個名！

朱錦春　　原來佢係戴太！（進10號房沖茶）

51. 同上

四女　　　戴太！⋯⋯真係「橋」嘞！⋯⋯係戴太呀！

莫潔貞　　佢寶女！⋯⋯今次乜仇都報晒咯！（尷尬地答禮）

朱錦春　　（立10號房門）戴太，沖好茶喇！

莫潔貞	「戴太」！？死啦！佢都知埋！(向朱)茶？好，唔該晒！
馬衡畋	茶？戴太……你响度住㗎？
莫潔貞	我？唔係！我係話……暫時啫，我男人同我……搬屋……所以……
馬春蘭	好嘢！……我哋今晚做咗隔岸鄰居喎！……
朱錦春	戴太，啲茶好㗎喇！……
莫潔貞	(自語)係嗽「戴太」，真係宜得「鍊」死佢！
朱錦春	戴太，啲茶……
莫潔貞	得喇唔該！對唔住馬生！我要沖茶……西茶你唔啱個可？(欲進房)
馬衡畋	哦！我最鍾意飲奶茶嘅……一於奉陪！(燈復亮)
莫潔貞	吓！……呀！有返電嘞！
四女	好嘢！有奶茶飲！……有奶茶飲！
馬衡畋	伙記，拎啲茶杯嚟！
朱錦春	係，先生。(下)

52. 同上

莫潔貞	(自語)慘啦！「Fing」(去聲)都「fing」佢唔甩！
馬衡畋	嚟啦女，去探吓戴太間房！(眾進10號)
莫潔貞	佢件上衫！(速藏陶上衣於背後)
馬衡畋	(四顧)幾好定方嘛！
莫潔貞	(走向衣櫃)係！係！
馬衡畋	(向四女)入嚟啦女！

馬招眾女進房。

莫開衣櫃欲藏衣，櫃門內掛著鬃漆掃，沾滿深棕漆，莫險中招，急關櫃門，將上衣丟响浴室內。

莫潔貞　　請坐啦！

馬衡畋　　好……不過好似爭嗷啲櫈嘛！

莫潔貞　　(強笑)爭櫈？係嘛！哈哈哈！

朱錦春　　(復上，進房)茶杯呀！(放杯於桌，取過糖盅)

眾　　　　呀！有茶飲嘞！

馬衡畋　　伙記！擔櫈！擔櫈！

朱錦春　　係，先生！(往覓椅)

馬衡畋　　去啦女，幫伙記手擔櫈啦！

四女往11號房搬椅。

53. 同上

莫潔貞　　(自語)死啦！佢哋仲唔扯！……陶花琿就返嚟嚹(音賈)！

馬衡畋　　戴太，我加啲滾水落壺好嗎？

莫潔貞　　好！好！一鑊熟。

朱錦春　　(復進)搵倒兩張！(四女每人搬一椅復進)

莫潔貞　　(自語)陶花琿！你睇你害成我點！

眾坐下。

朱錦春	我去攞「袋」吓！
莫潔貞	咩嘢「袋」呀？
朱錦春	個「病君」……「病人」個熱水袋囉！
莫潔貞	呀！係！係！去啦！（朱下）

54. 莫潔貞、馬衡畋、四女

莫潔貞	（自語）唉！我就死咯！（不知所云）隨便坐啦！
馬衡畋	坐咗啦！戴太，乜你好似「滿懷心事」噉呀？
莫潔貞	冇嘢！冇嘢！
馬衡畋	女呀！咪「大食懶」啦！……斟茶！（四女倒茶） （向莫）我哋個老友陶花琿呢，你周時見倒佢個可？
莫潔貞	哦，好少見！……你知香港地點㗎啦！我同佢太太好熟……所以今朝去佢度遇見你！

第五場 C

陶穿襯衣自樓上下來，沒持莫帽，春風滿面。

陶花珺　失驚無神停電！爭啲嚇死！……呀！好返好多，又有返電！
　　　　……嗦啖新鮮空氣就消化晒餐飯囉！成個生猛返！時機嚟啦！
　　　　(唱 *I'll be seeing you*)
　　　　"I'll see you again.
　　　　Whenever spring breaks through again"
　　　　(粵語續唱)今晚夜人月兩圓！禧春酒店！澳門一夕緣……

馬衡畋　噉你好少見佢呀？

莫潔貞　好少！好少！

陶進房。

馬衡畋　陶花珺！？

四女　　陶先生？

陶花珺　班馬……！

莫潔貞　(立起，低聲向陶)我死俾你睇咯！……

陶花珺　(低聲)佢哋响邊度猘出嚟㗎？

馬衡畋　老陶！有冇「眼尾跳(音條)」呢？我哋正話講緊你！

四女　　係呀！……有冇「眼尾跳」……打乞嗤呀！……

陶花琿	咁好呀！有心！(向莫)呀！咁啱呀戴太！你好嗎？……我剛啱嚟澳門有啲事，經過喱度，我就自己嗽話：「入去同戴太打個招呼至得！」
莫潔貞	(作驚奇狀)係呀？有心！真係「橋」嘞！
四女	係呀！……真係有心……真係「橋」……
馬衡畋	係呢！乜你周時淨着袱衫通處去㗎(下平聲)？
陶花琿	吓！哦！係！嗽嘅……穿咗……件上衫穿咗個「大咕窿」，拎咗去補……响隔籬街……纖補舖……橫掂要等，我就話：「不如入嚟探吓戴太！」
莫潔貞	有心！……有心！
四女	係呀！……真係有心……
馬春蘭	飲杯茶吖陶生！(語氣中)
陶花琿	飲茶？……好，唔該！
馬夏荷	(遞糖盅)落糖嗎陶生？(語氣加大)
陶花琿	唔該！(向觀眾)勢估唔到會嚟到澳門同班馬女一齊飲茶嘅！(不斷加糖而不覺)
馬秋菊	你飲咁甜呀陶生？(語氣再大)
陶花琿	(仍加)冇！……少少啫！……少少啫！……
馬冬梅	煲「糖不甩」都夠咯！(語氣最大)
馬衡畋	點呀老陶，香港有乜新聞呀？
陶花琿	哦！哦！……做咗英國殖民地囉(/租借埋新界囉)……我係話先排呀！
馬衡畋	今朝見過你太太好吖嗎？
陶花琿	好！好！……你太太都好嗎？

馬衡畋	你明知佢死咗八年㗎啦！
陶花珵	冇錯！冇錯！……「節哀……順變」……(自語)正一「屎坑三姑」……
莫潔貞	(自語)「易請難送」！

56. 同上、朱錦春

朱持熱水袋上，進房。

朱錦春	先生！熱水袋呀！
莫潔貞	(自語)今次死梗嘞！
陶花珵	(接袋，自語)「年卅晚謝灶」(譯註：好做唔做)！(燙手)Ow！
馬衡畋	咦！咩嚟㗎？
陶花珵	吓？哦！嗰嘅！……我次次經過喱間酒店，都實叫返個熱水袋嘅！
馬衡畋	係？
陶花珵	係！喱度嗰啲熱水袋聞晒名(音man上聲)㗎！你唔知咩？我老婆叫我：「你若果行過禧春酒店呢，就帶個熱水袋返嚟！」……係啊可戴太？
莫潔貞	係！係！
朱錦春	係咩？阿生，不過……
陶花珵	邊個同你講啫？冇事喇！出返去！出返去！
朱錦春	吓？……好，先生！(出房，上樓下)

57. 莫潔貞、陶花琿、馬衡畋、四女

陶花琿　（向莫）睇嚟你都好「攰」咯……（向馬耳大嚷）「好攰」呀！唔阻你咁嘞，我告辭咯噃！

莫潔貞　哦……好行……

馬衡畋　你「攰」呀？你唔早啲講？行喇女……返房咯……做人要識趣啲！咪「糯米屎忽」！（與四女各搬一椅出房）

陶花琿　（低聲向莫）噉咪整走佢囉！

馬衡畋　早唞喇戴太！

陶花琿　係囉！扯咯扯咯！（搬椅，與馬之椅糾纏）因住！（低聲向莫）我撇甩佢哋就返嚟！……等我噃！（出房外）

莫潔貞　（關房門）鞋！搞到「一鑊粥」噉！

馬衡畋　（與陶握手）早唞阿陶！同我問候阿嫂！

陶花琿　（交椅與馬手）有心！有心！哎吔吔！

陶下樓梯下，馬放下椅。

第五場 D

---

58. 莫潔貞、馬衡畋、四女

馬衡畋	（偕女回11號房）入房略！
莫潔貞	我知錯略！唔會再錯略！受過教訓略！噉嘅教訓！
四女	早唞阿爹！
馬春蘭	我哋要換衫喇！
馬衡畋	嘩！你哋用嗰間沖涼房啦！（四女進浴室）咪咁嘈嘈！人哋瞓覺呀！

59. 同上

莫潔貞	我唔可以再响喱間酒店留多一息間！陶花琿一返到嚟呢……（穿外衣）
馬衡畋	（伸懶腰呵欠）嚟返覺（音教）先！
莫潔貞	（搜索）咦！我頂帽呢？……去咗邊啫？
馬衡畋	「行船跑馬」，奔波咗成日！
莫潔貞	唔通塞埋响陶花琿啲嘢度？（進浴室）
馬衡畋	（四顧）間房都唔錯！……有啲鄉下風味！（見桌上戴物）咦！供給埋梳洗「架撑」噃！牛骨梳！玳瑁頭刷！雕（音挑）埋名噃：「戴年業」……乜水嚟㗎？……怕係酒店老闆個名啩！……「食得就唔好嘥」喇！（以刷刷髮）……果然「賓至如歸」！同省城啲客棧差得遠咯！好！臨瞓嘆返口煙先！（掏煙）「三絕台」、粗就

粗啲……好過「百鳥歸巢」嘅！兩個仙想點㗎，（見戴之雪茄盒）咦！成盒「茶瓜」嘛！……有皇冠嘅！正嘢！成八個仙一支㗎！「咁大隻蛤乸隨街跳」？（收起己煙）噉嘅酒店！……兩銀嘢一日，送成盒「茶瓜」，抵到爛！……果然「賓至如歸」！（袋起雪茄，燃一支）唔怪得老陶大力推薦啦！……（譯註：可刪短）

莫潔貞　（自浴室上）咁「神化」嘅！頂帽「不翼而飛」！

馬衡畋　幾好味嘛！佢哋點「維皮（音鄙）」呀？

莫潔貞　我頂帽不翼而飛！陶花珺呢？咁耐都唔返！（開房門探視）

馬衡畋　（趨床）吓！睡衣！拖鞋！夠晒周到嘛！一流招呼！

馬持燭進浴室，11號房全黑。

60. 同上、陶花珺

陶上，挾熱水袋。

莫潔貞　你呀！快啲嚟啦！

陶花珺　（躝足）嚟喇！（趨房門）

馬衡畋　仲爭一樣嘢啫！熱水袋！叫伙記整返個先！

莫潔貞　快啲入嚟啦！（馬持燭出房）哎吔！（急關門）

61. 同上

陶花珺　老馬！（止步）

馬衡畋　你呀？（放燭台在櫃枱）

陶花珺　係！哦……我專登返嚟搵你㗎……有嘢同你講呀……

馬衡畋　　係咩呢？

陶花琿　　哦！唔急嘅……不過咁啱你响度，我又响度……

馬衡畋　　好明啦！

陶花琿　　我同你講吖……我响樓下聽人講……蔣介石就嚟打到北京喎
　　　　　……張作霖好似話執緊包袱想走佬喎！

馬衡畋　　哦！

陶花琿　　係啦！我哋正在面臨一個「大時代」嘅巨大轉變！「歷史嘅巨輪
　　　　　（音卵）」……係嘅碌……係嘅碌……

馬衡畋　　係！係！

陶花琿　　我哋——「何去何從」呢？天呀！我哋面臨「徬徨與抉擇」！所以
　　　　　我嗽同自己話：「只有一個人識得解答喱個問題：就係——馬衡
　　　　　畋！」……

馬衡畋　　我？喱挺嘢我識屁咩？

陶花琿　　你唔識！好啦！唔阻你咁嘞！我扯喇！我扯喇！（作離狀）

馬衡畋　　早哟！好多謝你睇起我！

陶花琿　　乜說話吖！……你返房啦！返房啦！

馬衡畋　　我等緊叫伙記攞個熱水袋！你話好「聞名」吖嗎。

陶花琿　　熱水袋？嘩！攞我個！攞我個！（遞袋）

馬衡畋　　點好意思呀？「奪人所好」！

陶花琿　　冇！冇奪到！（自語）均是都凍晒咯！（揚聲）我臨行攞過個囉！

馬衡畋　　噉「卻之不恭」嘞！

陶花琿　　小意思！返房啦！返房啦！

馬衡畋　　好啦！早哟！（立門口吸雪茄）

陶花塦　　　(待馬進房)早唞！早唞！

馬衡畋　　　(揮手)早唞！

陶花塦　　　(作下樓狀)早唞！你等乜啫？(自語)「立(音lup入聲)糯」鬼！
　　　　　　走啦！(熱情地)早唞！(下樓)

馬衡畋　　　(回房中)認真老友！……呀！漏低支蠟燭！……(出走廊，與
　　　　　　剛復上之陶面對面)吓！……又係你？

陶花塦　　　係！……我哋……未揸手呀！……(握馬手後下樓。馬回房中，
　　　　　　陶後上，急竄進莫房)

馬衡畋　　　換衫吧啦！(持燭進浴室，11號房全黑)

62. 陶花塦、莫潔貞、阿利孖打

陶花塦　　　Whew！

莫潔貞　　　捨得返喇咩！「雞啄唔斷」！

陶花塦　　　鞋！你都唔知幾難撇甩個老馬！

莫潔貞　　　直程係「纏身冤鬼」呀！

陶花塦　　　真係行衰運！嚟到澳門嘅酒店都要撞着佢嘅！

莫潔貞　　　總之當衰啦！快啲着返件「披」走人啦！

陶花塦　　　我件「披」？……喺邊呀？

莫潔貞　　　喺沖涼房！……

陶花塦　　　唔該！(進浴室)

莫潔貞　　　係嘞，我頂帽呢？你拎咗去邊啫？

陶花塦　　　(復上，穿上衣)你頂帽？帽？响度㗎！

莫潔貞　　邊度啫？

陶花珥　　邊度？唔知嘑！……頭先响床度！……呀！我醒起嘞，我上樓
　　　　　揸住喺手！……漏低响騎樓！哈哈！(不堪刺激地傻笑)

莫潔貞　　(大怒)你仲笑！……你都神經嘅！大早拎埋我頂帽上去有乜解
　　　　　究吖？快啲上去攞返啦！我等你嘞！

陶花珥　　好！好！等我嘑！

莫潔貞　　快啲去啦！我都就癲喇！

陶花珥　　(奔去，阿上，相遇)噢！

阿利孖打　趕住去邊呀？

陶花珥　　(急奔上樓)我知去邊！我知去邊！(下)

阿利孖打　知就最好啦！

莫潔貞　　我真係受唔住啦噉嘅折磨！冇第次咯！(進浴室)

第六場

鈴聲。

阿利孖打　吓！仲有客人！(戴上)哦！「專家先生」！

戴年業　　之唔係我！

阿利孖打　專家先生唞嚄？

戴年業　　你批准吖嗎！……我支蠟燭呢？

阿利孖打　响喱度！

戴年業　　「鬼先生」佢哋未有聲氣到埗吖嗎？

阿利孖打　未呀專家先生！(遞燭台)

戴年業　　咁唔賞面！(進房)

阿利孖打　懶大膽！(隨戴進房)

戴年業　　呢間鬼房都唔多似有鬼啫！希望啲鬼大佬識做，唔好嘈住我瞓返覺！

阿利孖打　佢哋怕聽倒嘅！

戴年業　　(察看桌上)咦！……我啲雪茄呢？

阿利孖打　乜話？

戴年業　　雪茄呀！……成盒滿嘅，唔見成半！……去邊呀？

阿利孖打　唔知噃！

戴年業　你唔知！……唔通自己有腳行去呀？

阿利孖打　我知喇！Nossa senhora（譯註：聖母）！係鬼呀！

戴年業　係鬼（譯註：否定）！……咪引我笑啦！食煙嘅鬼？……

阿利孖打　唔奇吖！……你都食！……

戴年業　你睇你睇！我隻梳！我個刷！「搣到亂晒」！

阿利孖打　鬼梳頭囉！鬼扮靚囉！

戴年業　係！我明（上聲）嘞！……有人扮鬼嚟「鼠」嘢！……

阿利孖打　（向天合十）「有怪莫怪！細路哥唔識世界！」

戴年業　好！你咪得意住！聽朝我同你事頭攤牌！

阿利孖打　隨便你喇先生，早抖！

戴年業　早抖！

阿利孖打　（出走廊）鬼唔望班鬼大佬「砌」到你「淋（下平聲）冧（上平聲）林（去聲）」！（下）

64. 陶花琿、莫潔貞、戴年業

戴年業　好明顯有個賊仔「捕」响度！仲留低啲邋遢賊頭賊髮响我個刷度噻！捉倒你呢……「砌」到你「淋冧林」！（收拾梳刷）

陶花琿　（自樓上上）冇咯！冇咯！……搵唔倒！……佢頂帽！

戴年業　（趨床）我套睡衣呢？拖鞋呢？死賊仔乜都掃清！……（掛起其帽）

陶花琿　潔貞實發「狼（上平聲）戾（上聲）」㗎嘞！……冇法啦！「頂硬上」！（進房）

戴年業　好！着住衫瞓！有乜「依郁」我就捉！（卧床閱書）

莫潔貞　　（自浴室上）你返嚟！我頂帽呢？

陶花琿　　潔貞！你要鼓起勇氣！

莫潔貞　　點解呀？

陶花琿　　唔响度！……有人攞咗！

莫潔貞　　邊個呀？

陶花琿　　佢冇留低卡片！

莫潔貞　　認真盞！好彩我有條絲巾包頭啫。（包頭）馬上走啦！

陶花琿　　走就走啦！我都夠晒味道咯！（出走廊）

莫潔貞　　我夠係咯！呢個教訓認真夠皮！（出走廊，二人等升降機）

戴年業　　嘩！對眼皮……「香雞」都撐唔開！瞓啦！（滅燭）

第七場

---

65. 陶花珺、莫潔貞、懷春、戴夢星、朱錦春

升降機到，內為懷與夢及朱。

朱衣制服。

莫潔貞　　死嘞！係夢星！

陶花珺　　你個侄！同我個妹仔懷春！走啦！（二人奔進房）

朱一直助夢搬行李出升降機。

莫潔貞　　鎖門啦！

陶花珺　　門匙呢！……喺邊啫！……

莫潔貞　　咪揾住，鎖門先！

陶花珺　　冇門匙點鎖啫！呀！入去啦！（進浴室）有「戌」嘅！嚟啦！

莫潔貞　　（隨進浴室）唉！喱一晚！前世咯！

戴已入睡，懷與夢已出升降機，懷挾書，夢提包。

朱已換上制服引路。

朱錦春　　喱便阿生！

戴夢星　　懷春！你諗清諗楚㗎嗬？你同我……

懷春　　　咪咁「吟噚」啦！「老人院都唔收」！

朱錦春　（仿阿背誦）我知你需要乜傢伙：一個舒適嘅「小愛寶」等你同你
　　　　呢位「雞人」「入局」……真係「絕袋（上聲）雞人」嘞！

戴夢星　真嘅？

朱錦春　我介紹先生小姐住13號房：呢，以前「鵝」（上聲）國公主同佢個
　　　　大總管响度「洞訪」嗰間呢！

懷春　　公主嘅新房呀！

朱錦春　係呀小姐！喱間「正一流嘢」酒店嚟嘅！

懷春　　我知！我睇過你哋張告白嘅！好啦，就愛13號啦！

朱錦春　盛惠晒！（掩嘴竊笑）

戴夢星　懷春姐呀！個伙記……望住我哋偷笑呀！……

懷春　　由得佢笑囉！「八卦」！

朱錦春　先生小姐請喱便啦！（引路往走廊另一端）

戴夢星　懷春姐呀……我哋……我哋……真係要响喱度……

懷春　　「學愛情」吁嗎！行啦！

戴夢星　好彩我响船度一路溫返「笛卡兒」喈！

偕下。

第八場 A

66. 戴年業、四女、朱錦春

四女自浴室衣睡衣上，只持一燭。

馬春蘭　　卒之有得瞓嘞！

馬夏荷　　我愛喱張床！……

馬秋菊　　我愛喱張！……

馬冬梅　　唔得，我「吼」住先嘅！(二人爭執)

馬春蘭　　咪嘈啦！……阿爹叫唔好嘈㗎！

各坐一床。

馬春蘭　　呀！猾入被竇最舒服嘞！……�——！……好凍！

馬夏荷　　咦！有火酒燈噃！點着佢做「長明燈」至瞓吖！

馬秋菊　　好呀！

四女　　　好！點着佢吖！

朱錦春　　(自走廊另一端上)早唞先生！小姐！(下)

四女　　　點完俾支蠟燭我！……俾我！……我要！……(用燭燃亮酒精燈藍焰，爭持中燭墮地及踏碎——同時全層停電全黑)

馬春蘭　　爭乜嘢呢！

馬夏荷　　論鬼盡！

馬春蘭　　呀！沖完涼好凍呀！

馬秋菊	睇吓！支火酒燈！好似「鬼火」呀！
馬冬梅	我係攝青鬼！
馬春蘭	我係吊頸鬼（/長脷鬼）！
馬夏荷	我係冇頭鬼（/中山音：斬頭鬼）！
馬秋菊	我哋做返場鬼戲哩！「包公夜審郭槐」吔！

眾立床上扮鬼，唱古調〈潯陽夜月〉——即《紫釵記》之〈劍合釵圓〉，近易名〈春江花月夜〉：

四女	霧月夜猛鬼現形！陰風冷冷三更靜！夜寒露凍，回魂屬鬼哭訴此心怨未平！誓報冤！必索命！渾身血污也未凝！口青面藍凸眼睛！肌膚似冰爪似鷹！
戴年業	（在上曲中間驚醒於床上）哎吔！鬼呀！（四女下床圍桌舞而續唱，戴跳下床，下意識戴帽）觀音菩薩打救呀！
四女	（見戴而驚，奔進馬之浴室）呀！男人呀！
戴年業	鬼呀！鬼呀！救命呀！救命呀！（奔出走廊）

67. 懷春、戴夢星、戴年業

燈復亮。

懷與夢自走廊另端上，懷在前，夢後隨。

懷春	咩嘢事呀？
戴年業	救命呀！救命呀！（奔上梯下）
懷春	（見戴）戴生！
戴夢星	我阿叔！（夢奔回房下，懷奔進11號房，匿大床帳內）

戴年業　　（奔上樓梯）有鬼呀！有鬼呀！（下）

68. 馬衡畋、懷春

馬持燭自浴室上。

馬衡畋　　亂噏無為！……有個男人？……响邊呀——男人？……張床庶
　　　　　有男人？（揭床帳見懷）

懷春　　　噢！

馬衡畋　　對唔住阿大姐仔！（笑）哈哈！……仲話有男人！……係個女
　　　　　仔！（四女進浴室而不關門）你哋亂咁噏？邊係男人啫！係個女
　　　　　仔！

四女　　　（外場）係哩爹……係個男人呀！

69. 同上、戴夢星、四女

夢上。

戴夢星　　阿叔走咗！睇吓懷春入咗嗰庶做乜先！（進馬房）冇人嘅！……
　　　　　懷春！

懷春　　　（伸頭出帳）星少！我响呢度呀！

馬衡畋　　（率女自浴室持燭上）噂！四隻嘢自己睇真吓！……

戴夢星、
懷春　　　哎吔！（同上床匿帳後）

馬春蘭　　爹呀！我哋睇得清清楚楚！係有個男人哩！

馬衡畋　　我夠睇得清清楚楚咯！……唔通我幾十歲人仲男女不分？
　　　　　（懷自帳內奔出往走廊）噂！「冇花冇假」！……之唔係個女仔！

夢亦奔出。

四女　　　唔係呀爹！睇吓！係個男人！

馬衡畋　　乜得佢忽男忽女㗎！

戴夢星　　（向懷）唔對路！走人啦！

懷春　　　好！走咯走咯！（二人下）

70. 馬衡畋、四女、朱錦春、戴年業

馬衡畋　　一定要查到「水落石出」！（在門口喊）伙記！……伙記！……
　　　　　（朱上）

朱錦春　　咩嘢事咁嘈呀？

馬衡畋　　伙記！……噉算點㗎？……我哋間房又有男人又有女人！……
　　　　　「出會」噉！

朱錦春　　真（下平聲）？阿生！……你見倒「佢哋」喇……

馬衡畋　　乜水呀？

朱錦春　　我本來唔想話你知嘅，不過間房有鬼㗎……

眾　　　　有鬼！……（停電，全黑，只11號有火酒燈，戴自樓上摸索而
　　　　　下樓梯）（燈閃閃）

朱錦春　　係呀生！……你見倒啲乜嘢男男女女，通通係鬼嚟㗎，好猛嘅
　　　　　嚹！

四女　　　（大嚷）鬼呀！阿媽呀！（奔出房 —— 可持燭或火酒燈，衝上樓
　　　　　梯，嚇壞戴，立刻急轉身領先奔上樓，下）

馬衡畋　　（追出）女呀！女呀！死囉！個個着住睡衣通定走！「羞家」咯！
　　　　　女呀！……（追下）

朱錦春　　（隨之）真係「鬼反」咯今次！……（下）

第八場B

71. 陶花珥、莫潔貞、戴年業

陶自浴室上，莫隨後，黑暗中摸索。

陶花珥　　做乜咁嘈嘅？唔通火燭？

莫潔貞　　總之喱間嘢冇利(音麗)是嘅！再唔走嚇都嚇死我呀！

陶花珥　　好啦好啦！裝吓先！咪咁「擒青」！(開房門窺探)

莫潔貞　　早走早着啦！

陶花珥　　「鬼影」都冇隻！行啦！

二人出房外。

燈復亮，戴自樓梯奔下來走廊。

戴年業　　有鬼呀！有鬼呀！

莫潔貞　　死嘞！……返入去啦！(進房)

陶花珥　　(隨之)咩事啫？

莫潔貞　　我老公呀！

陶花珥　　吓！……(急關門)

戴年業　　(見二人而不認得)菩薩保佑，有「生人」嘞！(拍門)開門呀！開門呀！

陶花珥　　(隔門頂住)唔入得！唔入得！

戴年業	好心開吓門啦!
莫潔貞	咪放佢入嚟呀!
陶花塍	我頂唔倒幾耐咋!佢大力過我!
戴年業	開門呀!

**戴推開房門,陶飛向衣櫃,啟櫃門竄進,臉迎正漆掃,閉櫃門自困櫃內。
戴奔進室中,莫急奪戴之帽蓋己臉 —— 由頭笠落頸。**

戴年業	我頂帽呀大姑!頂帽我㗎!(欲脫莫帽)
莫潔貞	(死命拉下帽沿)救命呀!救命呀!

陶啟櫃門出,滿臉棕漆。

戴年業	吓!「摩囉差」!

陶不堪刺激而狂性大發,拳打足踢驅戴出房。

戴年業	哎吔!……又多隻「黑面鬼」呀!我俾鬼打呀!……(奔上樓)

72. 陶花塍、莫潔貞

陶花塍	Whew!……潔貞!佢扯咗喇!
莫潔貞	(脫帽)好咯!……嚇死我!……哎吔!「黑炭頭」!
陶花塍	係我呀:陶花塍呀!
莫潔貞	唉!陶花塍 —— 今晚攞我命咯!乜你咁「黑」㗎?
陶花塍	(誤會其意而不知自己面黑)係運滯啩!

莫潔貞　　唉！乜都受夠咯！

陶花珥　　好彩冇事咯……可以唞返啖氣！

莫潔貞　　謝天謝地！

陶花珥　　好咯！冇事咯！

莫潔貞　　(外場警笛聲)咩嘢聲？

陶花珥　　吓？「吹銀雞」！

第九場

---

73. 陶花珺、莫潔貞、阿利孖打、葡警、幫辦

阿利孖打　（奔上）Nossa senhora！Policia！「雞飛狗走」啦！「冚檔」呀！

陶花珺　　「冚檔」！

阿利孖打　「撤檔」啦！「冚檔」呀！（奔下）

莫潔貞　　佢噏乜嘢？

陶花珺　　「冚檔」……差人呀！今次死梗咯！差人！

莫潔貞　　差人！……走啦！（二人奔走廊另一端下）

四葡警自升降機上，兩人追向陶、莫，兩人沿梯欲上樓，洋幫辦衣衫不整自梯下來，剛扣好褲帶，伸手止截二葡警。

幫辦　　　Hold it! I'm an inspector of Police from Hong Kong!

葡警甲　　Qual?

幫辦　　　D'you speak English?

葡警乙　　No! You speak Portuguese?

幫辦　　　No! …（Pause）
　　　　　（Simultaneously）Cantonese?…Sick（譯註：識）！

葡警甲　　（同時）廣東話？……識！

幫辦	（Takes out identification document from pocket, a silk stocking comes out too-quickly shoves it back in）Ngo hai Hong Kong lai ge bong barn: ngo jing ghin…Ngo lai barn gung ge!（譯註：我係香港嚟嘅幫辦：我證件……我嚟辦公嘅！）
葡警乙	我哋嚟「掃黃」嘅！「風化組」！
幫辦	So am I: Vice squad, C.I.D., OK. Macao yan-Nay juk! Hong Kong yan, gao bay ngo…man wa, fan Hong Kong joy cha, OK?（譯註：澳門人 —— 你捉！香港人，交俾我……問話，返香港再查，好嗎？）
葡警甲	屙茄！[OK]

另兩葡警逐陶與莫上。

莫潔貞	（前後無路）哎吔！（奔進10號房關門）
陶花璊	（欲隨不得）「我係香港人！」「I am Hong Kong!」
幫辦	Bingo! You're mine! Nei hai ngo ge（譯註：你係我嘅）！ （Points to no. 10）What about her?
陶花璊	She is Hong Kong too!
幫辦	Bingo again!（knocks）Madam! Tai tai（譯註：太太）！Come out please!
莫潔貞	（無奈出房）做咩喎？我係良家婦女喎！
陶花璊	係囉！佢係良家婦女喎！
幫辦	I'm not asking you! You go into that room first!
陶花璊	之不過我……But……But……
葡警甲	（推陶入房）「拔」你條「胹」吖嗱，咁多嘢講，入去啦！

74. 同上

幫辦	Now, Madam! I want the truth, no lies. Please, tell me: what's your name?
莫潔貞	我都唔知你搞乜鬼⋯⋯我同我丈夫嚟嘅！
幫辦	Husband? That's the truth?
莫潔貞	真㗎！我丈夫⋯⋯咪你困咗入房嗰個囉！
幫辦	Oh, really? And your name? Muck tai（譯註：乜太）？
莫潔貞	我⋯⋯（自語）惟有噉嘅啫！（向幫辦）我係陶花㻧太太！
幫辦	Mrs. To Fa Wan? Very well! Now, the Gentleman, come out please!
葡警乙	（向房中）喂！出返嚟！
陶花㻧	（出房，自語）唉！個傻女！佢實震到唔識噏個假名嘅咯！
幫辦	Your name, Sir?
陶花㻧	（自語）惟有噉至救倒佢啫！（向幫辦）阿Sir！我哋光明正大㗎⋯⋯佢係我「威虎」！
莫潔貞	（滿懷希望）呀！
幫辦	So I understand! Your name? Muck san（譯註：乜生）？
陶花㻧	我「威虎」實講你聽啦⋯⋯我係⋯⋯ Mr. 戴年業！
幫辦	捉住佢！
陶花㻧	15分鐘後，香港見！

莫兩眼翻白 —— 停電，全黑。

75. 全人類

譯註：莫調頭逃、陶亦逃，痴狂亂閃燈光、背景提議加快的Gershwin: *Rhapsody In Blue*，大追逐：葡警與幫辦與樓追——樓揮着刀，陶、莫、馬、四女、阿、朱等逃——可加入戴、懷、夢甚至高、女郎等，以下對白可部份或全部刪，除尾三句外次序不拘。

陶花瑍　「吹銀雞」！我情願攬住你咯！（最後被捕）

莫潔貞　偷情？制唔過喇！好慘喋！（最後被捕）

戴年業　我信喇！我知有鬼喇！鬼呀！

馬衡畋　女呀！（沉腔花下句）哎吔吔！你哋幾咁——羞家呀——！（最後被捕）

四女　　臭男人呀！走喇！臭男人呀！（最後被捕）

懷春　　想嫁「公子」呀？差人拉喋！

戴夢星　「書中自有顏如玉，書中有話差人捉！」

阿利孖打　差人冚檔？好平常啫！——走啦！

朱錦春　係咪拉上祠堂、遊街示眾、然後浸豬籠？

葡警　　Macao-guese, we捉！Hongkongese, you捉！

幫辦　　Hongkong's my responsibility! Hong Kong yan? Ngo fu jak, jick doh...（譯註：香港人？我負責，直到……）

樓鶯　　「一（音yit）嘗嘗切！」

幕下

117

第三幕

景與第一幕同，幕啟時空台，窗開着如第一幕終時，時為星期日晚上八時。

第一場A

76. 陶花珥

陶爬繩梯自窗上，面仍沾滿棕漆，哼着*Tea For Two*，跨窗進廳，亮燈，收起繩梯，放回「防火用品」箱中，檢視廳門仍鎖着。

陶花珥　「老虎乸」仲未返！等我做定晒「不在場證據」先！……琴晚夜！真係前世咯琴晚！……係爭銀嬌冇「在場」啫！(脫上衣及篋進臥室，換晨褸復上，圍餐巾於頸)一啲「蛛絲馬跡」都冇啦！(向觀眾)你搵倒一樣破綻我話你叻！似足未出過門口哩！

77. 陶花珥、懷春

懷上，在門廳敲廳門。

陶花珥　係佢？唔會吖！佢有門匙！唔會拍門嘅！(揚聲)邊個？

懷春　　(滿面春意，搔首弄姿，聲調不同地，隔着門)係我呀大少！懷春呀！

陶花珥　(向觀眾)懷春！……隻「山雞仔」吖！睇住佢响禧春酒店嘅！不過我一「叉」佢咪穿煲？(揚聲)咩嘢事？

懷春　　你盅普洱呀大少！

陶花珥　拎入嚟啦！

懷春　　(異常趾高氣揚地)點拎喎？我又冇鎖匙！撞門呀？

陶花珥　放肆！(大怒揮手弄跌花瓶，倒出門匙)

　　　　(向觀眾)「士啤」匙呀！……(揚聲)去問少奶攞啦！(掩嘴偷笑)

懷春　　　少奶未返噚大少！

陶花琿　　未返？佢家姐見倒佢怕嚇到沉重咗嚟個病……

懷春　　　噉你想我點做呢大少？

陶花琿　　我點知你想點喎？我又「失匙夾萬」！你咪等少奶返嚟至算囉！

懷春　　　好啦大少！（進廚房下）

78. 陶花琿、莫潔貞

陶花琿　　哼！開倒門噚！不過一開就冇晒「不在場證據」！鞋！琴晚！真係前世咯琴晚！好人當賊辦！……當我係「鼠摸」噉捉！……告我同潔貞喎……摸都未摸過佢……佢老公都未告我，你告我？

　　　　　（叩門聲──莫在門廊叩廳門）邊個？

莫潔貞　　（低聲）陶生！係我呀！

陶花琿　　邊個「我」呀？

莫潔貞　　我呀！潔貞呀！

陶花琿　　終歸嚟咯！你一個人呀？

莫潔貞　　係！開門啦！

陶花琿　　等陣（開鎖）你嗰便搵開個「戍」啦！

莫潔貞　　得喇！

陶花琿　　（開門納莫入，急關門）潔貞呀！琴晚！真係陰功咯琴晚！

莫潔貞　　唉！陶生！你害死我咯！

陶花琿　　冇冇冇！我冇害死你……邊使死啫！最怕我哋响酒店俾人「捉姦在床」啫……我哋係「上流人」！啲差人「冚檔」係拉啲「下流人」啫！

莫潔貞	我唔係驚喱樣呀!……你都知差人點㗎啦!——「驚官動府」,又問話、又調查、又簽保!……遲早俾我老公知道……又賣新聞紙……唉!陶生!你害死我咯!我點算,你點算,我哋點算?(欲哭)
陶花坭	定啲嘛!咪驚青得㗎……(取手帕抹額)驚到面都青埋!(用帕為莫拭淚,黑漆沾莫頰)……你塊面黑咗喎!
莫潔貞	我面黑?……睇吓你吖!(領陶照鏡)乜黑咗咁耐你都唔知呀?
陶花坭	知!……不過琴晚响澳門差館,今日响火船……一路冇嘢洗得甩啲油,返嚟又醒唔起啫……松節油呢?(取油拭面再在洗面盆洗淨)……鞋!差啲對住老婆現晒形……真係「黑過墨斗」!
莫潔貞	直程啦!(往盆洗臉)俾我洗先吖嗎!
陶花坭	琴晚好似慘!不過黑完嘞!若果要响香港差館再困多晚咪仲黑?好彩幫辦信得過我哋,肯俾我哋保釋!
莫潔貞	梗係啦!事關佢睇得出我哋係正經人嗎!
陶花坭	(以手帕拭乾臉)係,仲事關我俾咗五百銀(譯註:可考慮減為100或200,但500有助結尾)擔保嘛!(指己臉)甩晒啦嗎?
莫潔貞	仲有撻!响鼻尖!……你俾咗五百銀?
陶花坭	係呀!我俾佢揀,以我嘅人格擔保定「大牛」擔保……佢要(音妖)隻「大牛」!仲要我聽日中午之前再去差館證明我同你嘅身份!
莫潔貞	死唔死!你實證明唔倒你係戴年業啦!噉點「收科」呢?個幫辦實上門嚟查啦!
陶花坭	上門?唔使慌!……(仍在拭鼻)我「省」淨招牌就直頭去搵港督!(放帕於盆側)
莫潔貞	港督!
陶花坭	(繼續吹牛)金文泰囉!今晚返到香港碼頭、同你分咗手,你就返嚟屋企「暖笠笠」……

莫潔貞	吓!「暖笠笠」……你鋪話法吖!
陶花魁	好好好!唔係「暖笠笠」!……「震騰騰」得未?……我呢,就去咗督憲府!
莫潔貞	點呀?點呀?
陶花魁	佢去咗雞尾酒會喝……話就返,我咪等囉!
莫潔貞	等倒佢返嗎?
陶花魁	等倒!(越來越離譜)……弊在佢飲醉咗……一返嚟就大覺瞓……不過「唔使慌」我聽日再搵過佢……我同佢好熟嘅!
莫潔貞	(半信半疑)你?
陶花魁	係……我哋也都講到嘅!
莫潔貞	噉你打算點同佢講呀?
陶花魁	從實招供囉,佢係「父母官」嘛!
莫潔貞	死啦!我以後鬼有「面目」見佢咩!
陶花魁	你鬼有「機會」見佢咩!我話你嘅「貞節攸關」,佢實會壓落去冚密佢!
莫潔貞	真係?
陶花魁	真!
莫潔貞	你一早唔拖我落水咪乜事都冇囉!仲有呀,你明明係「陶花魁」做乜話自己係「戴年業」至得㗎(音假)?
陶花魁	一日都係你囉!你明明係「戴年業太太」,整乜鬼話自己係「陶花魁太太」得㗎?
莫潔貞	仲好講!我話係「陶太」係等佢信我係你太太!
陶花魁	係囉!我話我係「戴生」,都係等佢信我係你老公啫!

莫潔貞　你都冇腦嘅！你話你係「戴生」，仲點叫得個幫辦信「陶太」係你老婆呢！

陶花珺　好心你啦！我話我係「戴生」嗰陣，點估得倒你一早話咗係「陶太」得㗎！

莫潔貞　你唔知咁多就唔好講嘢啦嗎！

陶花珺　(向觀眾)你話啦：女人嘅邏輯呀！

第一場B

79. 陶花珺、莫潔貞、戴年業

戴進門廊，叩廳門。

陶花珺　邊個？

戴年業　係我，戴年業！

莫潔貞　我老公！

陶花珺　嚇！（隔門問戴，心虛地）你想點吖？

戴年業　我有嘢同你講呀！

陶花珺　我開唔倒門！我老婆鎖住我袋咗條匙扯！

戴年業　咁毒！

陶花珺　教你吖，出花園，攞花王張梯，「擒」窗入嚟啦！

戴年業　好計（音偈）嘞！……不過，乜你咁「順攤」，任得你老婆鎖起你！

陶花珺　俾着你會點吖老友？

戴年業　我老婆鎖住我？……俾個「甕缸」佢做膽佢都唔敢啦！

陶花珺　哦！

莫潔貞　哈！（聳肩）叻得佢吖！

戴年業　好！我去擔梯！（下）

陶花珺　去啦。

莫潔貞　得喇！……放我出去啦！

陶花塤　（倚門傾聽）等陣！……落咗樓嘞！（開門）出得嘞！（莫出門）落返「戌」呀！（關門）

莫潔貞　係喇！……鞋！琴晚！……真係前世略琴晚！（下）

80. 陶花塤、戴年業

陶花塤　（走向窗）直程啦！琴晚，今晚，都咁前世！（向窗外嚷）嚟到未？

戴年業　（外場）我上嚟喇！

陶花塤　好聲上呀，咪碌返落去呀！

戴年業　（跨窗上，面有大黑眼）哎吔！琴晚呀！……老友，認真前世略琴晚！

陶花塤　你隻眼做乜呀？

戴年業　鞋！「一言難盡」咯！……係呢，你信唔信鬼㗎？

陶花塤　吓？唔信！

戴年業　我以前都唔信，而家信到十足咯，我親眼見嘅！

陶花塤　你？「見過鬼」……

戴年業　「怕黑」咯！

陶花塤　係咩！……哈哈哈，佢「見過鬼」喎！

戴年業　你就笑得落囉！我都學似你嘅「唔信邪（音扯）」！「膽粗粗」摸入間酒店，諗住係條渠！誰不知唔係喎！我瞓咗冇半個鐘頭啫……响間鬼房……一「扎」醒……周圍圍滿晒啲「披頭散髮」、「青面獠牙」嘅女鬼！……跳住啲陰司舞！……仲唱歌……「鬼鍊」嘅聲㗎！……（陶笑）好！笑啦！笑啦！我就死都記得佢哋點唱法！（仿唱）霧月夜猛鬼現形……口青面藍凸眼睛……

125

陶花璉	真係「鬼鍊」嘅聲㗎!
戴年業	嚇到我「棚尾拉箱」鬆頂囉!……走過隔籬房……好似見倒係兩個「生勾勾」嘅人……响嗰間房……嗰間……
陶花璉	10號房吖嗎。
戴年業	10號……?點解你話係10號呀?
陶花璉	吓?唔知呢!點解唔係10號啫?
戴年業	就當係10號啦……我入到去……見倒個女人……總之似係女人……着件女人衫嘅……有「拃」嗰啲(以手比擬)……「林審」嘢呢……見唔倒佢個頭……因為笠住我頂帽!
陶花璉	「你」頂帽?
戴年業	我都唔多明!嗰陣我都「亂晒坑」咯……不過佢件衫呢!嗰套衫……化灰我都認得!
陶花璉	「棹忌」!
戴年業	當其時呢……好似「勅法」嘅……有隻「黑面鬼」响個櫃庶標出嚟!「玄壇」咁黑嘅,都唔知係乜頭乜路……總之係「黑鬼」……同你咁上下身材!
陶花璉	吓?唔係?高大好多!
戴年業	乜話?
陶花璉	呢!「黑鬼」多數神高神大吖嗎!
戴年業	或者係啦,我冇得閒度(音鐸)真佢!……我都未睇真佢已經飛身埋嚟,一拳——「煨」落我隻眼!……再一腳踢正我……
陶花璉	踢你隻眼呀?唔怪之得啦!
戴年業	唔係,係嗰一拳!……我唔會再返嗰間酒店嘅嘞!打死都唔去!老友記呀!菩薩保佑你千祈唔使同班嗷嘅「嘩鬼」過夜呀!

陶花琿　(向觀眾)佢真係信有鬼㗎!(向戴)係呢,你老婆又信唔信你個「鬼故」呢?

戴年業　我老婆?我都未見過佢!我今晚返到嚟屋企,猛拍佢房門都冇人應!

陶花琿　(向觀眾)死嘞!穿煲!

戴年業　佢瞓到隻豬噉囉!噉我咪過嚟揾你先囉!

第一場 C

***

81. 陶花珵、戴年業、戴夢星

戴夢星　（在花園，外場）阿叔，阿叔！

戴年業　咦！係夢星嘅聲喎！（往窗）

陶花珵　（隨之）似嘞！

戴年業　（向窗外）你呀！點解你冇返學堂咩？

戴夢星　（外場）我上嚟話你知吖叔！

戴年業　好！「擒」梯上嚟啦！

陶花珵　講返你個黑鬼吖，佢踢中你邊度話？

戴年業　（尷尬地看看觀眾，轉身背向觀眾，低頭指示）呢一腳兜正⋯⋯兜到我幾乎馬上⋯⋯（譯註：予夢充份時間爬梯）

戴夢星　（現身）⋯⋯叔！（嘴角啣煙，外表明顯轉變 ── 充滿自信，跨坐窗檻）陶生！── 咦！也你隻眼搞成噉呀叔？

戴年業　冇！冇嘢！也你好似滿面春風嘅嘛！⋯⋯即刻解釋：點解你冇返到學堂？

戴夢星　（油腔滑調）話你知吖叔：琴晚我哋去到澳門⋯⋯鞋！都係我「大頭蝦」（/「失魂魚」）囉 ── 至發覺唔見咗個荷包！⋯⋯連去省城啲船飛都冇埋！噉咪返唔倒學堂囉！

戴年業　咁「橋」嘅？係咪講笑咋？

戴夢星　講笑搵第樣啦叔！你知我個人幾正經㗎啦！

陶花㻃	(向觀眾)個衰仔幾識做戲！明明同懷春去咗禧春酒店！
戴年業	噉後來又點呀？
戴夢星	我哋去「火船頭」報失囉！佢哋淨係肯俾我哋搭船返嚟香港，噉我哋今朝咪搭船返嚟囉！
戴年業	噉琴晚你同懷春……响邊庶過夜呀？
戴夢星	响碼頭賣飛亭庶坐到天光囉！
戴年業	真係？我都係噃！唔見你哋嘅？
戴夢星	唔止一個亭呢！
陶花㻃	(向觀眾)呢，讀埋晒啲「私奔走佬」就學曉講大話唔使眨眼！
戴夢星	(自語)好彩佢响酒店認唔倒我哋，搭火船又撞唔倒我哋啫！

82. 同上、莫潔貞

莫於門廊上。

莫潔貞	年業！年業！
戴年業	呀！老婆瞓醒晏覺嘞！(隔門嚷)我响喱度！
莫潔貞	噉開門啦！
戴年業	唔得呀！鎖咗！陶太至有匙，我「擒」窗上嚟嘅，揾老陶囉。
莫潔貞	吓！你「找」佢……(譯註：晦氣)
陶花㻃	你好嗎戴太？
莫潔貞	托賴，陶生，有心！
陶花㻃	聽見話你要瞓晏覺係嗎？琴晚瞓得唔好咩？
莫潔貞	唔多好囉！成晚「扎」醒！

陶花琿　　咁慘呀！

戴年業　　我咪仲慘！……我就真係成個「扎」起嘞！你估我幾慘呀？

莫潔貞　　點呀？

戴年業　　講你都唔信！你知唔知嗰間禧春酒店呀？

莫潔貞　　我唔知呀！我唔知呀！

陶花琿　　冇！聽都未聽過，完全唔曉！

戴夢星　　我都唔曉！我都唔曉！

戴年業　　你哋梗係唔曉啦！……間「地痞」酒店嚟嘅！……你哋點會曉啫？

陶花琿　　冇錯！冇錯！哈哈哈！

戴夢星　　哈哈哈！

戴年業　　講返間酒店吖！……唏！隔住道門鬼咁唔自在……等陣先，我
　　　　　響窗口「擒」返落花園，上屋企同你講！

莫潔貞　　好！

戴年業　　失陪嘞老兄！琴日同老婆嗌過氣，我想乘機呃返掂佢！（趨窗）

陶花琿　　嗐嘅！

戴年業　　（向夢）喂！你落返去先！……咪阻住我！

戴夢星　　係，阿叔！（下）

戴年業　　（跨窗）你唔一齊「擒」落去？（下）

陶花琿　　吓？我……哦！免喇！我哨陣先！

　　　　　（向觀眾）多得你唔少咯！我啲「不在場證據」點呀？（向窗外）
　　　　　喂！擒開張梯啦！擒開佢呀！

戴年業　　（外場）得喇得喇！

83. 陶花珺、莫潔貞

莫潔貞　　佢走咗嗱？

陶花珺　　(與莫合作開門，莫進廳，陶關門)係！

莫潔貞　　佢有咩講呀？

陶花珺　　冇！佢乜都唔知！一啲都冇思疑！

莫潔貞　　噉就謝天謝地咯！

陶花珺　　咪住！……你琴晚着嗰件衫……佢淨係睇倒咁多……係唯一線索！撕咗佢！燒咗佢！送咗俾人！……點都好！總之咪俾佢見倒件衫！

莫潔貞　　好彩你「通水」啫……我即刻送咗俾人！

陶花珺　　佢上緊樓喇，返過去啦！(推莫出門再關鎖)落「戌」！「落戌」！(拴聲)

莫下。

第二場

---

84. 陶花瑙、懷春

陶花瑙　　Whew！（放回鎖匙入花瓶）掂晒！不過困到我悶晒！老婆快啲返嚟放我監就好咯！我知佢大姊有病，不過都要諗吓我鎖响度至得咯！

門廊几上電話響，懷上，接聽。

懷春　　　陶公館……吓？等陣……（隔門嚷）大少！有電話搵你呀！

陶花瑙　　我點聽嗰？乜水搵我呀？

懷春　　　你邊位呀？……哦……（嚷）係你姨甥徐添喎！

陶花瑙　　大姨個仔？佢鄉下有電話咩？

懷春　　　（嚷）佢响「半島酒店」返工嗰度打俾你喎！

陶花瑙　　呀！係！起好咗就快開幕、先排俾英軍霸住嗰間「半島」呀？有乜事呀？

懷春　　　你搵佢乜事喎……哦……哦……佢話佢阿姨、你老婆、即係少奶……

陶花瑙　　我唔知咩？使你教？

懷春　　　少奶琴晚冇去到錦田圍（/天水圍）喎！佢哋好擔心喎！

陶花瑙　　吓？我夠擔心咯！佢哋冇見過佢呀？

懷春　　　冇喎！……叫你有消息打去半島通知佢喎！

陶花諢　　　好啦！係噉先啦！（懷收線，下）銀嬌去咗邊呢？……唔通俾人賣咗豬仔？……邊有咁好彩吖我！……唔通……我又做咗「戴蓮葉」？……除非個姦夫盲嘅啫！

85. 陶花諢、崔銀嬌

崔上，以帕掩一眼。

崔銀嬌　　　（隔門嚷）陶花諢！陶花諢！

陶花諢　　　一講銀嬌銀嬌就到！匿入房先！（進房下）

崔銀嬌　　　（開門進廳，背向觀眾關門）唉！陶花諢！……老公！花諢！（轉身向觀眾，黑一眼）唉！琴晚！真係前世咯琴晚！花諢！你响邊庶呀？

陶花諢　　　（外場）邊個咁嘈呀？（呵欠聲）

崔銀嬌　　　係我呀！你要還神至得咯，我唔死得！

陶花諢　　　（外場）還咩神呀？

崔銀嬌　　　劏雞還神囉！你都唔知我死過返生……你就响度暖笠笠大覺瞓！出嚟啦花諢！

陶花諢　　　（自臥室上）嚟喇！

崔銀嬌　　　（投懷）呀！老公！見返你真係開心咯！

陶花諢　　　我都係，做咩啫？

崔銀嬌　　　老公呀！琴晚呀！真係前世咯琴晚！

陶花諢　　　乜咁熟嘅喱句？（手捧崔臉）吓！乜你搞成噉呀？黑咗隻眼嘅！

崔銀嬌　　　唉！夫君呀！你爭啲見唔倒我咯！

陶花諢　　　（粵劇式）當（音dang）真？

崔銀嬌	（粵劇式）果（上平聲）然！
陶花瑞	「爭啲」咋？
崔銀嬌	你會唔會好傷心呀？
陶花瑞	傷心定啦！（向觀眾）咁好甩身機會都冇咗！
崔銀嬌	老公呀！係外呀！一次意外！爭啲攞我命呀！
陶花瑞	你唔好再講！我心中「悽愴」！
崔銀嬌	你真係好嘅啫！呢：我租咗架牛車入新界，開頭冇事嘅，我哋三個係㗎「欖」吓「欖」吓行緊……
陶花瑞	三個？
崔銀嬌	我、車夫同隻牛囉！誰不知道行到三岔路口，有個鬼佬揸住架「砵砵車」，「砵砵」噉……嚇親隻牛……發咗癲噉衝……
陶花瑞	咁牙煙！
崔銀嬌	個車夫都拉佢唔住！係噉衝呀……衝呀……當其時……四野無人！呼救無門！老公呀！就係嗰陣……我至諗起老公好！我幾恨你响度呀！
陶花瑞	多謝晒咯，咁好關照！
崔銀嬌	弊在你唔响度呢！卒之我驚到懵咗！飛身跳咗落車！
陶花瑞	噉都死唔去！
崔銀嬌	跟住我就「不省人事」咯！一直到今朝至醒，發覺自己瞓响鄉下村屋度，四圍企滿啲三唔識七嘅耕田佬……見我仲生就天咁歡喜！……幾好人事呀！最衰我得五十蚊喺身……我真係宜得成副身家送晒俾佢㗎！
陶花瑞	過份啲噃！
崔銀嬌	佢哋救我一命噃！

陶花珺	(咬牙切齒)噉至過份囉!
崔銀嬌	今朝佢哋見我冇乜事,就揾架木頭車送我出九龍,我正話坐轎返到嚟囉!
陶花珺	真係苦咯!(自指)
崔銀嬌	(哭)阿陶!我一諗返起……架牛車……隻癲牛……你老婆咁受罪……(大哭)
陶花珺	咪噉啦!我都未喊你喊!
崔銀嬌	若果我真係死咗……你會點呀?
陶花珺	我實唔會再娶「填房」!……誓願都得!

第三場A

---

86. 陶花珥、崔銀嬌、懷春、伙記

崔銀嬌　　我入去換衫先！(進房下)

懷領四伙記上。

懷春　　　少奶！「安樂園」嚟收碟喎！

崔銀嬌　　嗯！

以下全默劇：陶醒覺而大驚，撲前按餐蓋，伙記與陶怒目對視。崔一直掩眼，懷一直旁觀冷笑。陶終退讓，伙記以為兜已空，單手欲舉盆，舉不起，揭蓋驚訝，張口欲詢，陶急以手勢止之，着勿聲張，塞賞錢給各伙記，伙記點頭欣然捧兜魚貫下。

懷笑飽，方從身後拿出信。

懷春　　　少奶，有信呀！

崔銀嬌　　擺低啦！

陶花珥　　我入去換衫先！(進房下)

崔銀嬌　　去啦！……乜禮拜日都派信咩？

懷春　　　(恫嚇地)係差人拎嚟㗎！(下)

崔銀嬌　　(無反應，放下掩眼帕)鞋！成個散晒！我要沖個涼先！

懷春　　　哎吔「該尊」咯少奶！你怕自己唔知咋！你隻眼成隻冬菇嘅呀！

崔銀嬌	你至自己「唔知死」！我「燉」你「冬菇」都有之！幫我校水沖涼啦！
懷春	(不服氣地)好！少奶！
崔銀嬌	整兩塊碌柚葉喺！
懷春	敷落你隻眼度？(故意裝傻逗崔)
崔銀嬌	你去死啦！放落水度呀！
懷春	呀！冇碌柚葉喇，餵晒雀咯！(惡作劇地)
崔銀嬌	噉有乜吖？
懷春	仲有包雀粟！(仍是逗崔)
崔銀嬌	唔係俾雀呀！有乜俾我沖涼呀！
懷春	有陳皮！
崔銀嬌	好啦！落幾塊陳皮啦！
懷春	好！少奶！(自語)將你滾「陳皮鴨湯」囉！(下)(崔懷疑地怒目送之)

87. 陶花殞、崔銀嬌

崔銀嬌	(開信)差館嘅信？
陶花殞	(外場唱《柳搖金》)春花正盛開，芬芳侵簾內……
崔銀嬌	(拿着上下對摺之信，看着上半頁英文，觀眾可見摺起的下半頁中文)「雞腸」！我點識嗚？(掙扎)「Mrs……To Fa Wan……」下低講乜啫？……(放下下半頁)呀！有中文嘅！(閱信)「傳票！？……傳陶花殞太太親臨本署證明其身份」……「咩嘢葫蘆賣啥嘢藥」呀？……「事關昨晚港澳警方攜手突擊搜查澳門禧春酒店時，台端疑與一名戴年業君於酒店有不軌行為而遭拘捕一事」……(驚愕)我！我！「突擊搜」……「禧春酒」……「與戴年」……我！……亂噏！……神經嘅！……梗係睇錯……唔通我頭暈眼花！

陶持一鞋上。

陶花琿　大件事！

崔銀嬌　係囉！

陶花琿　隻鞋甩咗粒金鈕！

崔銀嬌　你嚟得啱嘞！大件事呀！

陶花琿　乜事？

崔銀嬌　嗰封嘢……我怕係癲咗……唔曉睇！……佢話……噉樣「㩒」我！……你睇吓！（遞信與陶）

陶花琿　（向觀眾）死嘞！差館！……咁快手！……

崔銀嬌　睇啦！睇啦！

陶花琿　（向觀眾）死梗咯！（誦）「傳陶花琿……太太」！……「昨晚……港澳警方攜手突擊搜查……澳門禧春酒店時，台端疑與一名戴年業君於酒店有不軌行為而遭拘捕」！

崔銀嬌　係囉！我嗎！……我同戴年業响酒店俾人拉嗎！

陶花琿　（向觀眾）「乘機撒賴」！（佯怒向崔）「賤人」！你認喇咩！

崔銀嬌　吓！

陶花琿　差人「伏」倒你，同埋戴年業！（以鞋擊桌）

崔銀嬌　哎吔！乜你信呀！冇其事呀！冇其事呀！

陶花琿　（捉崔手推開之）你躝開！

崔銀嬌　陶花琿！

陶花琿　（向觀眾）「道理唔通講陰騭（音質）」！（盛怒向崔）你同姓戴嘅做過啲乜？講啦？做過啲乜？

崔銀嬌　乜都冇！……我發誓吖！「冚唪呤」亂嗡嘅！

陶花㷖　（揮信）亂噏？差館嘅公文嘛！（戲劇化地）你做過啲也？……
　　　　快快招供！（握崔腕）

崔銀嬌　夫君！「冤枉」呀夫君！

陶花㷖　（揮鞋）唔認就下刑！

崔銀嬌　（跪下）呀！

88. 陶花㷖、崔銀嬌、懷春

懷春　　（上）大少嗌我呀？

陶花㷖　（轉聲調，平和地）係，隻鞋要釘返粒鈕！嗱！釘實啲，知冇？

懷春　　直程釘死佢囉大少！（陶瞪之，臨出門向觀眾）佢哋做「三審玉
　　　　堂春」呀？（下）

89. 陶花㷖、崔銀嬌

陶花㷖　（轉回盛怒聲調）你個「潘金蓮」！……枉我咁錫你！……咁信
　　　　你！……我周時話：「我老婆係『振雞』，係『吟噚』，不過夠
　　　　『貞節』！」……冇啦！喱樣嘢都冇埋！仲噉嘅年紀睇……先至
　　　　冇埋！……

崔銀嬌　係「冤戾」哩！都話係「冤戾」我咯！

陶花㷖　呀！唔怪之得鎖住我啦！困我响度食「飯仔」，等你去「飽暖思
　　　　淫慾」……同阿老戴……我個老友嚛！

崔銀嬌　冇！冇！

陶花㷖　响邊度話？……禧春酒店可！……「提督二馬路」可！

崔銀嬌　喱世都未去過！……我都唔知係响「提督二馬路」……邊個話係
　　　　响「提督二馬路」㗎？

陶花瑋　　封信囉！(閱信)咦！冇寫到嘞！

崔銀嬌　　係囉！我講嘅係事實……隻牛發癲啦……啲鄉下佬救返我啦……

陶花瑋　　嗯啲鄉下佬「姓乜名乜，住在邊忽」吖？

崔銀嬌　　住响條村度囉！

陶花瑋　　邊條村呀？

崔銀嬌　　(粵劇式)「天——呀」！係！我係唔知！响「冇雷公咁遠」嘅……我一時醒唔起問聲……我諗倒嘞！戴年業……既然牽連埋佢，或者佢知道內情……佢可以解釋……

陶花瑋　　「睇嚟揍」啦「賤人」！

戴年業　　喂！啲嘢搬過嚟依邊呀！

陶花瑋　　(看窗外)啱啱响花園行過！

第三場B

90. 陶花珒、崔銀嬌、戴年業

陶花珒　　（向窗外嚷）老戴！老戴！

戴年業　　（外場）乜事！

陶花珒　　（嚴厲）你上上嚟！有事問你！

戴年業　　（外場）問乜呀？

陶花珒　　上到嚟咪知囉！（向崔）你呀「淫婦」！你同「姦夫」升堂嗰陣，唔准出聲，唔准打眼色！……不得擾亂公堂！

崔銀嬌　　（戲劇化地向天祝禱）天公呀！你「天眼昭昭」！一定要為我洗脫沉冤呀！

戴年業　　（上）點呀？

陶花珒　　（官腔）上前答話！

戴年業　　（帶笑）你搞乜鬼呀？

崔銀嬌　　呀！……戴生！……

陶花珒　　「犯婦人」住口！……「天網恢恢，疏而不漏」！（向戴）你話琴晚响邊庶話？

戴年業　　咪禧春酒店囉！

崔銀嬌　　（驚愕）吓？

戴年業　　提督二馬路廿二號！

陶花珒　　呀哈！你尚有何言？

崔銀嬌　　天呀！莫非我已瘋痴！莫非真有其事……冇！絕無其事！

戴年業　　（自語）佢兩公婆做大戲呀？

陶花塤　　你同邊個去禧春酒店？講！同邊個？

戴年業　　我一支公咋！

陶花塤　　吓！一派胡言！分明係同佢！

戴年業　　吓！

陶花塤　　經已查明一切！……你同我老婆通姦！

戴年業　　我？

崔銀嬌　　嘩！你睇！

陶花塤　　淫婦住口！

戴年業　　而家叫你做戲咩？幾好笑吖！

陶花塤　　當我講笑？……哈哈！你睇！（遞信與戴）你好事多為！

戴年業　　乜嚟㗎？——（讀）「昨晚……突擊……禧春酒店……陶花塤太太……台端與一名戴年業君有不軌行為而遭拘捕」（大笑）哈哈哈！好笑呀！好好笑！……喱套「諧劇」嚟個可？「諧劇」呀！……

陶花塤　　「諧劇」！我似做緊「諧劇」咩？

崔銀嬌　　係呀！我老公信係真㗎！信我……同你……

戴年業　　乜話？我！係你姦夫！（大笑）好好笑呀！好笑呀！

陶花塤　　你咪以笑遮醜！

戴年業　　講真呀？你真係信我會——你都傻嘅！傻嘅！

陶花塤　　犯人休得無禮！

戴年業　　我點會吼個……嘩！老實講吖老友，有乜衝撞阿嫂嘅……你有怪莫怪……講真吖，你話我勾引阿嫂？唔該你睇真佢先啦，睇真吓！

陶花珺	你依家仲要「噏」佢嚟！
崔銀嬌	佢「噏」我？
陶花珺	係囉衰婆！佢「唱」緊你呀！「唸完唱」囉！……榨晒啲汁！
崔銀嬌	咩汁呀？
陶花珺	「橙」汁囉，榨晒啲汁出嚟就將嗜「橙渣」抌落坑渠！
戴年業	你噏埋晒啲傻嘢！
陶花珺	係咩！嗽你點解釋喱封公文？
戴年業	鬼知！……有人「整蠱」我囉！嘩！好易證明啫！既然我有份同阿嫂一齊俾差人拉，點解我冇傳票收吖？我「冇收」嘛？我一日冇收傳票！你點冤枉我都係「冇修」！我唔認！你「冇修」！

91. 同上、懷春

懷持信上。

懷春	戴生，頭先差人送信嚟，有封俾你㗎！
戴年業	(拆信)乜嚟㗎？
陶花珺	傳票囉！
戴年業	(讀信)「傳戴年業到本署協助調查有關昨晚港澳警方突擊搜查禧春酒店行動中，台端嫌疑與一名陶花珺太太於酒店有不軌行為而遭拘捕一事」！
陶花珺	呀哈！你有得收就冇修啦！
戴年業	「冚唪唥」冧嘅！
崔銀嬌	唉！命該如此！夫(音符)復何言！
陶花珺	仲認唔認？唔認吖笨！

戴年業　我都唔明！我係咪癲咗！

懷春　　（遞鞋與陶）鞋呀大少！

陶花痽　唔該！（大喝）「好膽（音how daan）！好 —— 吖膽！」（╱「可怒也」
　　　　［音kor lao yeh］）

懷春　　大少？

陶花痽　唔係話你，出返去啦！

懷春　　好！大少！（下）

第三場C

92. 陶花㻑、崔銀嬌、戴年業、莫潔貞

莫上。

莫潔貞	年業！
戴年業	潔貞！
陶花㻑	阿嫂！你來得正好！……你細認此人！
莫潔貞	我老公？
陶花㻑	佢係我老婆個姦夫！
莫潔貞	佢！
戴年業、 崔銀嬌	天呀！
陶花㻑	(低聲向莫)唔係真嘅！你暈低啦！
莫潔貞	好！(倒陶臂彎)呀！
戴年業	冤枉呀！冤枉呀！天公呀！你癲嘅！嗷同佢講！ 潔貞！潔貞！藥油！藥油！(拍莫手)
崔銀嬌	我哋去攞！(進房下)(戴隨之)
莫潔貞	(張目低聲)發生咗咩事呀？
陶花㻑	(急速低聲)佢哋收咗傳票……我「惡人先告狀」……明未？
莫潔貞	明！
陶花㻑	嚟啦！再暈！(莫如言)

戴與崔復上。

戴年業　　藥油呀！（以藥油如手槍般指陶鼻）你嘅行為一啲「紳士風度」都冇！

陶花珅　　你冇資格咁大聲！咪「隊隊」吓支藥油！「唔埋得鼻」！攞嚟！（奪油置莫鼻）埋佢鼻！

戴年業　　喱套「悲劇」嚟嘅！「慘劇」！……水呢！

陶花珅　　（低聲向莫）暈夠嘞！醒啦！

莫潔貞　　好！（作甦醒狀）呀！

崔銀嬌　　佢「甦醒」喇！

戴年業　　潔貞！老婆！求吓你！半句都咪信佢！

崔銀嬌　　係呀！冤枉㗎！

陶花珅　　我話你知！佢哋俾差人「捉姦」呀！

莫潔貞　　我命苦咯！（低聲向陶）使唔使再暈過呀？

陶花珅　　（低聲）咪嘞！發「狼戾」啦！好慶！好慶！

莫潔貞　　好！（搥胸，大嚷）呀 ── ！我唔做人喇！

崔銀嬌　　「睇天」咯！

戴年業　　好心啦潔貞！「差人靠得住，豬乸都會上樹」……唔好信呀！

莫潔貞　　放手呀衰佬！呀 ── ！佢就係嗰隻「女鬼」哩！

陶花珅　　係啦，個「姦夫」就話見鬼！個「淫婦」就話癲牛！咁「橋」一人孭一隻「皮蛋」眼返嚟屋企！……一樣樣嘅！仲想我信係唔同地方整返嚟嘅！

莫潔貞　　直程「有路」（譯註：全句是「狗上瓦坑有條路」）啦！

戴年業　　好！講夠嘞！你哋信晒我哋响酒店俾差人拉咗嗎？

陶花琿	仲使審咩！
戴年業	得吖！我哋一齊去差館揾幫辦，睇吓佢認唔認得我哋兩個！
陶花琿、莫潔貞	吓？唔得！
崔銀嬌	係呀！一於去揾幫辦！

戴、崔各自拉夫拉妻。

陶花琿、莫潔貞	唔去！唔去！
戴年業	點到你唔去！你冤枉我哋㗎！淨得幫辦可以證明我哋清白！……去啦！

93. 同上、懷春、馬衡畋

懷上。

懷春	馬行田生呀！
陶花琿、莫潔貞	佢！（懷下，馬上）
馬衡畋	唉！琴晚呀老友！琴晚呀！
陶花琿、莫潔貞	（自語）瓜嘞！
馬衡畋	你好嗎老陶？
陶花琿	好？……好鬼……你入我房坐陣先，我有啲私事！
馬衡畋	好……呀！戴太！……陶太……阿嫂你隻眼做乜呀？

崔銀嬌	冇事！冇事！
馬衡敗	我就有事呀！你估琴日我扯咗之後點呀？
陶花痺	(指馬)等陣話我知啦！
馬衡敗	我琴晚同啲女成晚响差館……
陶花痺	……街！……「差館街」！……「八號差館」落山嗰條街呢……聽佢講嘅氣……佢「漏(去聲)口」嘅！「漏口」嘅！
馬衡敗	咩話？我「漏口」！……邊有呀？
陶花痺	(自語)天呀！落雨啦！落雨啦！
馬衡敗	好彩今朝查明我哋係邊個至放我哋返香港！
陶花痺	噉咪好囉！去啦！入我房先啦！嗰邊！嗰邊！(推馬向臥室方向)
馬衡敗	我過埠過到夠咯！都係返省城吧咯！
陶花痺	係？……好！喱邊！喱邊！(推馬轉到相反方向)
馬衡敗	喂！未！未有咁快返！
陶花痺	哦！噉去返嗰邊！嗰邊！(又推馬進臥室)
戴年業	乜咁煩㗎！
馬衡敗	(開房門復上)呀！係呢！你哋琴晚响嗰庶終歸點呀？
陶花痺	好好！好好！有心！
馬衡敗	吓！
陶花痺	入去啦！入去啦！(推馬進房，關門)

第四場 A

94. 陶花珥、崔銀嬌、戴年業、莫潔貞

崔銀嬌　　佢做乜問：「你哋琴晚响嗰庶終歸點呀？」

陶花珥　　冇！係佢啲鄉下話！……佢想問人琴晚瞓得好唔好，就話：「你哋琴晚响個庶『椿低』點呀？」

崔銀嬌　　係？「呃晒」！

戴年業　　好喇！去揾幫辦啦！（又拉拉扯扯）

陶花珥、　　唔去！唔去！
莫潔貞

95. 同上、懷春、幫辦

懷上。

懷春　　　幫辦嚟咗呀！

眾　　　　幫辦！

陶花珥　　又一單！（/「一波未平，一波又起」）

戴年業　　嚟得合時呀！

陶花珥　　（向觀眾）「該煨」咯！

幫辦上。

戴年業、 崔銀嬌	幫辦先生，請入嚟！
幫辦	Mr. Tai Nin Yip? Is he here?
崔銀嬌	係我哋喇！「夜時！」[Yes]
戴年業	I am Mr. Tai Nin Yip.
幫辦	Oh! I'm sorry, Mr. Tai, I didn't recognize you right away. Of course when I saw you last night, your face was smeared with some black concoction!
戴年業	Pardon?
幫辦	But I remember you perfectly now.
戴年業、 崔銀嬌	吓！
陶花瑥	(低聲向莫)佢認得佢喎！……噉又死唔去囉！
戴年業	You—remember—me?
幫辦	Naturally! You're the bloke I caught with Mrs. To Fa Wan at The Spring Fever Hotel.
崔銀嬌	佢話乜話？
戴年業	捉倒我同你……响酒店……
幫辦	Ah! Mrs. To Fa Wan, I presume!
崔銀嬌	夜時阿蛇！搣失時陶花瑥！
幫辦	Forgive me ma'am…It was so difficult to see your face last night under that scarf.
崔銀嬌	「士加符」？
幫辦	But now I can identify you very well.

戴年業、 崔銀嬌	吓！
幫辦	（自語）She's rather homely.
崔銀嬌	你認得我？
陶花珺	（低聲向莫）佢認得佢喎！……越嚟越過癮！
戴年業	Sir, you can't remember us, impossible—very simple reason—you never caught us at the hotel!
幫辦	But I did arrest you, interrogate you and release you on bail!
戴年業	No! You caught someone else—using my name!
幫辦	Yes, yes, I understand, never mind, it's not important. Mo gun yiu（譯註：冇緊要）！
戴年業、 崔銀嬌	冇緊要！
幫辦	I'm sorry that my clerk sent out those summonses. Now that I know who you are. Let's consider the matter closed. Mr. Tai Nin Yip, I didn't realise you're an architect, and a member of the Sanitation Board.
戴年業	（向崔）佢話知我係則師兼潔淨局議員就唔告我哋喎！
幫辦	I'm lucky to have run into you. I badly need an expert's advice. You see: I have a charming little villa in Shatin…
戴年業	咪講你間屋住啦，講返琴晚你拉人──
幫辦	No no no! No more arrests! Don't worry! Last night's incident is not important!
戴年業	你唔緊要啫！……佢兩位緊要至弊呢！（指陶與莫）我老公同佢老婆……唔係……我老婆同佢老公……死口咬定我同佢有「景轟」！你快啲證明：你琴晚冇拉到我哋！

幫辦	But yes. I lai you and I lai her!
戴年業	No！你記清楚啲！你拉第個啫，唔係我咻？唔係佢咻？
幫辦	It's very difficult…
崔銀嬌	你唔記得個樣，都記得個女人嘅身材略……
幫辦	Well…The lady was…less skinny sau dee（譯註：瘦啲）…go dee, dae dee（譯註：高啲、大啲）…But you see: Macao police station…The room…very small…so the lady looked bigger!
崔銀嬌	到底點啫？
幫辦	But I do remember one thing: her dress! It's purple! Jee sick（譯註：紫色）！
崔銀嬌	嗽就得嘞！我冇嗽色嘅衫！
莫潔貞	（口快快）我都冇！
陶花璦	（低聲）收聲啦！
戴年業	你？都冇人問你！
幫辦	Sorry ma'am! That's the best I can do. Everything's so very vague…
戴年業	撤查囉！C.I.D.！
幫辦	C.I.D.!
陶花璦	（自語）寧舍多事嘅！
幫辦	Let's talk about my villa first…
戴年業	Wait! You caught many people last night, right? Ask them…問吓其他拉倒嘅有冇人認得我哋？
幫辦	Just a second! I've got a list right here!（takes out the list）
眾	A list!

戴年業	有名單？俾我！（讀）「Bernard Goss……唔識！……柳如花、綽號『石塘尖咀』！……太平紳士議員周」……
幫辦	Better not read that out!
戴年業	「馬衡敗及其四個女兒」……
崔銀嬌	馬衡敗！……我哋依度有個馬衡敗㗎！
陶花璭	（自語）大劑！
幫辦	Here? Ma Hang Tin?
崔銀嬌	夜時，佢有「科gir勞士」！
戴年業	佢咪話琴晚响差館……
陶花璭	……街！「差館街」！
戴年業	冇！「街」係你噏嘅啫！佢話「差館」嘅！
幫辦	Well, he's our man!
崔銀嬌	問佢囉！問佢囉！（嚷）老馬！老馬！
莫潔貞	（低聲向陶）今次實穿煲咯！
陶花璭	咪嗷啦！

96. 同上、馬衡敗

戴年業、崔銀嬌	出嚟！出嚟！（拉馬上）
馬衡敗	又乜事呀？……幫辦！又嚟過？（欲轉身走，崔、戴、幫止之）
戴年業	（同時）馬生，我哋水洗都唔清！旨意晒你咋！
崔銀嬌	（同時）你做吓好心，講真話！係得你可以證明我哋清白！

幫辦	（Simultaneously）Yes, Mr. Ma, you must try to remember everything!
馬衡畋	好喇！好喇！先生太太呀！咁多把口一齊講⋯⋯我點聽得倒㗎！
陶花溆	（向觀眾）家下佢又唔「漏口」至弊！
戴年業	你琴晚响禧春酒店係冇？
馬衡畋	係！仲俾人拉嚟！都冇天理嘅！⋯⋯我呢世都記得琴晚幾「殃」！
戴年業	係！我哋仲冤枉啦！你話啦，你有冇見過我同陶太俾人拉吖？
馬衡畋	冇！冇你哋份！
崔銀嬌	哼！聽倒啦！
馬衡畋	我一諗起我寶可憐女，針都未偷過一「眼」（上聲），俾人拉上差館⋯⋯
戴年業	係嘞！慘嘞！講埋先，你冇見我哋，噉有冇見倒第個吖？
馬衡畋	有！我有見第個！
崔銀嬌	（同時）邊個？
戴年業	（同時）邊個？
幫辦	（Simultaneously）Who?
馬衡畋	真係要我講？
陶花溆、莫潔貞	（自語）穿嘞！穿嘞！
馬衡畋	（為難地向陶）老陶呀！佢哋要我講嗝！
陶花溆	（強笑）係！係！我聽倒！
馬衡畋	你哋真係要我講？（陶暗中扯其衫尾）你做乜掹我衫尾啫？（向崔）好啦！講就講啦⋯⋯我見倒⋯⋯（突然轟雷，大雨滂沱聲）拉⋯⋯拉咗⋯⋯拉⋯⋯拉⋯⋯

崔銀嬌	你做乜嘢？
莫潔貞	（自語）佢「漏口」喇！
陶花珥	（跳上椅上，合十向天）多謝天公保佑！……「及時雨」呀！
幫辦	Well, mister...C'mon...Whom did you see?
馬衡敗	哦……係……拉咗……拉……拉……柴……拉柴……拉……（女高音）Ah！Ah！Ah！
戴年業	講啦！講啦！
陶花珥	（向觀眾）佢「漏口」漏得最好今次略！
崔銀嬌	講啦老馬！咪整古做怪啦！……講呀！
馬衡敗	拉拉……拉拉……
戴年業	盞嘥氣！一味蘇蝦仔噉要「奶奶（音nai上平聲）」！
幫辦	Ah! ... I've a brilliant idea!
眾	你有「橋」？
幫辦	He can make a written statement!
戴年業、崔銀嬌	好呀！叫佢寫供詞！
陶花珥	（自語）「天亡我也」！
幫辦	（Gives paper and pen/brush）Sit down! Mister! And write down who you saw...
馬衡敗	哦……好！……
莫潔貞	（低聲向陶）今次「白鱔上沙灘」……
陶花珥	（自語）「唔死一身潺」略！
戴年業	（同時）寫啦！寫啦！

崔銀嬌　　（同時）寫啦！寫啦！

幫辦　　　（Simultaneously）Write! Write!

第四場 B

97. 同上、戴夢星

夢上。

戴夢星	嘩！「趁墟」呀！（自語）死嘞！琴晚嗰條友！俾佢認出我咪穿晒煲！（順手取起洗面盆旁陶之面巾覆己臉上，往爬窗欲遁）
馬衡畋	（見面指夢）嗱！……嗱！……拉……賊……
陶花琿	幪面賊呀！
眾	乜人（音忍）？（戴趨窗）
幫辦	Excuse me, that's my job!

戴抓夢一臂，幫辦抓另一臂。

幫辦	Mister! In the name of the law...
戴夢星	放手！放手！
戴年業	（同時）除咗佢！
幫辦	（Simultaneously）Take it off!
戴夢星	（死命掩巾）唔除！唔除！

戴奪去面巾。

眾	夢星！（夢一臉棕漆）
幫辦	Ah! That's him last night!

眾	吓！
幫辦	The man with the black face!
眾	夢星！
戴年業	衰仔！原來係你！……
戴夢星	我做過乜嘢？
幫辦	It's you, Mister, I caught you last night at the hotel with a woman!
戴夢星	吓！你知道晒呀！
眾	係佢！
陶花痒	聽倒嗎？佢認咗喇！
馬衡畋	事……事實……拉拉……拉拉……
陶花痒	收口啦你！「他奶奶的」！
崔銀嬌	同邊個？你同埋邊個？……你夠膽話係同我開房？
戴夢星	同你？……阿媽呀！
幫辦	With whom, then? You were with a dame!
眾	係囉，同邊個？
戴夢星	好啦，橫死掂死！……同懷春！
眾	懷春！
戴年業	佢喺邊庶？……懷春喺邊庶？
崔銀嬌	响工人房……話換衫嘅！
戴年業	响佢房！等陣！（大嚷）懷春！懷春！（下）
馬衡畋	（向陶）不……不過你孖……孖……孖……

陶花瑒　　咪「媽媽聲」啦……而家鬼睬你咩？

馬衡畋　　好……好好好……(伏案疾書)

98. 同上、懷春

戴年業　　(外場)快啲嚟，嚟嚟嚟！

懷春　　　(外場)我未扣晒鈕呀戴生！

戴拉懷上，懷穿上莫上幕之服。

戴年業　　行啦！

眾　　　　件紫色衫！

崔銀嬌　　點得㗎嘅？

懷春　　　正話試緊……人哋送嘅……

陶花瑒　　唔使解釋！唔好解釋！

戴年業　　琴晚你同夢星係咪响禧春酒店？

懷春　　　(昂首)係！做咗怕咩認呀！

崔銀嬌　　你仲冒我名㗎！

懷春　　　我？

陶花瑒　　唔使解釋！唔好解釋！

懷春　　　(暢言)我使冒你名？唔怕話你哋知！我已經同星少……

眾驚呼，懷挽夢臂彎。

懷春	同佢擇咗日子結婚呀！我係名正言順嘅戴夢星太太！你估依家仲興「少爺滾妹仔，妹仔投井自盡」嗰挺《朱門怨》故仔咩？依家時興嘅係：「一夜成名嫁公子，飛上枝頭變鳳凰！」
陶花塸	你馬上執包袱扯！
懷春	你唔使喝我！而家係我炒你魷魚！
陶花塸	你……你……
馬衡畋	我……我……嘅口……口……口……（遞供詞）
陶花塸	吓！口供？……都「水落石出」咯，鬼要你嘅口供咩！（撕碎供詞）
馬衡畋	（失望地）吓！
陶花塸	火車罷完工開返喇！快啲去追火車！返省城啦！（眾推馬）
眾	返省城啦！
馬衡畋	我需……需……唏！衰鬼雨！
陶花塸	省城好天呀！返歸啦！
眾	返歸啦！（眾推馬出門，馬下）

99. 同上缺馬衡畋

陶花塸	Whew！一額汗！
幫辦	Well, young man, since the whole incident's closed, allow me to return your five hundred dollars.
戴夢星	俾我嘅？
陶花塸	（向觀眾）冇陰功咯！我隻「大牛」！
戴夢星	Why me?「何必偏偏選中我」？

幫辦	Because—yan wai（譯註：因為）—last night—come maan（譯註：琴晚）—Macao Hotel—o moon jau dim（譯註：澳門酒店）—I 拉 you！
戴夢星	吓？……俾差人拉有「花紅」獎㗎！
陶花塤	（向觀眾）保得住「面」（上聲）！唔保得住「錢」！
戴夢星	禧春酒店！……去多幾次都抵嘅！
陶花塤	我就話：（唱「花下句」）酒店偷情我都唔敢制咯，我寧願從今夜夜伴銀嬌——呀！
全人類	（唱序）令——冬——令——冬——丁！

劇終

陳鈞潤 (1949-2019)

陳鈞潤，香港出生，是著名的戲劇翻譯家、編劇、作家及填詞人。自上世紀七十年代起翻譯歌劇中文字幕多達五十多部，至八十年代中更開始為香港劇場翻譯舞台作品超過五十部，其中不少是廣受歡迎且多次重演的經典名作。

陳鈞潤六十年代於皇仁書院畢業後，考獲獎學金入讀香港大學，主修英文與比較文學。曾任香港大學副教務長、中英劇團董事局主席、香港電台第四台《歌劇世界》節目主持及康樂及文化事務署戲劇及歌劇顧問。陳鈞潤文字修養極高，他翻譯的作品，人物語言極具特色，而最為人津津樂道的，是他把舞台名著改編成香港背景下的故事。他善用香港老式地道方言俚語，把劇本無痕地移植育長，其作品是研究香港戲劇和語言文化的珍貴寶藏。

學貫中西的陳鈞潤以其幽默鬼馬卻又不失古樸典雅之翻譯風格而聞名。他以香港身份為本，將西方劇作本地化及口語化。多年來其作品享譽盛名，當中包括改編自莎士比亞的浪漫喜劇《元宵》、法國愛情悲劇《美人如玉劍如虹》、美國黑色音樂喜劇《花樣獠牙》、《相約星期二》、《泰特斯》等不朽經典。

陳鈞潤多年來於戲劇界的表現屢獲殊榮，包括：1990年獲香港藝術家聯盟頒發「劇作家年獎」；1997年獲香港作曲家及作詞家協會「本地原創正統音樂最廣泛演出獎」；1998年其散文集《殖民歲月——陳鈞潤的城市記事簿》獲第五屆「香港中文文學雙年獎」；2004年以「推動藝術文化活動表現傑出人士」獲民政事務局頒發「嘉許狀」；及獲香港特別行政區頒授榮譽勳章。除此，陳鈞潤一直在報章撰寫劇評，為香港劇場留下大量的資料素材，貢獻良多。

陳鈞潤翻譯劇本選集 ——《禧春酒店》

原著
Spring Fever Hotel by
Georges Feydeau and Maurice Desvallières

翻譯及改編
陳鈞潤

策劃及主編
潘璧雲

行政及編輯小組
陳國慧、江祈穎、郭嘉棋*、楊寶霖

校對
郭嘉棋*、江祈穎、楊寶霖

聯合出版
璧雲天文化、中英劇團有限公司、
國際演藝評論家協會（香港分會）有限公司

璧雲天文化
inquiry@pwtculture.com
www.priscillapoon.wixsite.com/pwtculture

中英劇團有限公司
電話（852）3961 9800　傳真（852）2537 1803
info@chungying.com　www.chungying.com

國際演藝評論家協會（香港分會）有限公司
電話（852）2974 0542　傳真（852）2974 0592
iatc@iatc.com.hk　www.iatc.com.hk

鳴謝
陳雋騫先生及其家人

封面設計及排版
Amazing Angle Design Consultants Limited

印刷
Suncolor Printing Co. Ltd.

發行
一代匯集

2022年2月於香港初版

國際書號
978-988-76137-0-1

售價
港幣300元（一套七冊）

Printed in Hong Kong

資助 Supported by

中英劇團由香港特別行政區政府資助。Chung Ying Theatre
Company is financially supported by the Government of the
Hong Kong Special Administrative Region.

國際演藝評論家協會（香港分會）為藝發局資助團體。
IATC(HK) is financially supported by the HKADC.

香港藝術發展局全力支持藝術表達自由，本計劃內容並不反映
本局意見。Hong Kong Arts Development Council fully
supports freedom of artistic expression. The views and
opinions expressed in this project do not represent the stand
of the Council.

* 藝術製作人員實習計劃由香港藝術發展局資助。The Arts Production
Internship Scheme is supported by the Hong Kong Arts Development
Council.